寿仙谷轶事录

潘国文　著

中国华侨出版社

·北京·

图书在版编目（CIP）数据

寿仙谷轶事录 / 潘国文著. -- 北京 ： 中国华侨出
版社, 2025.1 -- ISBN 978-7-5113-8844-5

Ⅰ. Ⅰ247.5

中国国家版本馆 CIP 数据核字第 20247V8K09 号

寿仙谷轶事录

著　　者：潘国文

策划编辑：张立燕

责任编辑：刘晓燕

封面设计：青年作家网

经　　销：新华书店

开　　本：880mm×1230mm　1/32 开　印张：7.75　字数：205 千字

印　　刷：永清县晔盛亚胶印有限公司

版　　次：2025 年 1 月第 1 版

印　　次：2025 年 1 月第 1 次印刷

书　　号：ISBN 978-7-5113-8844-5

定　　价：68.00 元

中国华侨出版社　北京市朝阳区西坝河东里 77 号楼底商 5 号　邮编：100028

发行部：（010）64443051　　传真：（010）64439708

如果发现印装质量问题，影响阅读，请与印刷厂联系调换。

李志尚公像

李金祖公像

李海洪公像

寿仙谷药号·蜡像馆·情景还原

序

在中国，除却春秋战国的诸子百家时代，轶事的对象基本上集中于儒、释、道中的佼佼者，尤其是前者，这是中国历史文化于民间的直接呈现。

这看似普遍的规律却存有一个特例，那便是医。在五千年的中华历史长河中，医者轶事为数众多，且流传甚广，从统治阶级至普通百姓，无不传颂称扬。这不但反映出人们对长寿健康的不懈追求，同时证实了中医药文化与中华传统文化的同源同根。所以有"上医医国""不为良相，便为良医"之说流传于世。无非一个意在救国，一个志在救民。

由于中国地域辽阔、古代交通梗阻以及农耕文化所造就的自给自足的生活模式，绝大多数医者难以走出大山，沿着江河融入城镇，出入将相府邸，只能在"依山川形便"所设置的郡县或相邻相近的行政区域坐堂行医甚至走方卖药。虽然有时被一地百姓誉为"救护神"，但他们的医药轶事，往往局限于一时一地，并大多数随着历史的演进、人事的更迭而销声匿迹。

从这个角度来看，本书中的轶事主人公们还算幸运，他们的佳话得以流传至今，究其缘由：其一，故事发生的时期不算久远；其二，李氏三代先人对中药炮制技艺的坚毅传承；其三，恰逢盛世，寿仙谷中药炮制技艺被列入国家级非物质文化遗产代表性项目名录，寿仙谷药号在第四代传承人李明焱的努力下，重新启航，发展成为上市公司寿仙谷药业，实乃可喜可贺！毕竟同时代的诸多不可或缺之物事，如今已了无痕迹，亦难以追思。

历史洪流，滔滔滚滚，能够流传下来的都经过大浪淘沙，显世的根基不单是听凭天命，更在于竭力而为。

本书编者，名国文，予以为，与国医、国药融为一体。

是为序。

朱德明

2023 年 12 月 18 日

目录

CONTENTS

寿仙谷轶事录

九重天子寰中贵，五等诸侯门外尊。

争似布衣狂醉客，不教性命属乾坤。

　　这是唐代道教人物吕洞宾赠予医者李德成的一首绝句《赠李德成（德成善医）》。上一联意指，医者乃九五至尊的天子、锦衣玉食的达官显贵的尊贵宾客；下一联则言，宁为一介平民，也不可拿性命作赌注去追逐功名利禄。全诗尽显吕洞宾对医者李德成的艳羡之意。吕洞宾究竟是何许人也？他也是"八仙过海，各显神通"的民间传说《八仙过海》中的故事人物。一位医者能获得道仙人如此的艳羡与尊崇，足见医生在古人心中的尊崇地位。

　　医者的职业属性决定其必须救死扶伤、治病救人。而生老病死是自然规律，无论达官显贵，还是平民百姓……芸芸众生，谁不会遭受疾病的困扰？一个"病"字，常使人承受无尽苦楚。尤其在不堪病痛折磨之时，情愿舍弃曾苦心竭力、历经千辛万苦所获取的一切，只求换得一个健康之躯，哪怕只是暂时的安宁。于是，世间便有了医者济世救人，衍生出万般医法，以应对万种病症。

"医者意也，几人能解？"医道之路，并非简单易事。仅从一个"德"字，便有"大医精诚"之言。医之道，涵盖天地，其理深邃，非穷究百家之学，探微索隐；明辨事理之能，以及持之以恒的志向，不能悟得其中真谛。故而古今"真医"寥寥无几。

前面论及医，接下来再说药。

药字繁体作"藥"。《说文·艸部》言："藥，治病草。"一些草木，本先于人们发现其治病之效而存在，但只有当人们发现其治病作用并利用这一点为人体治疗疾病时，它才是药，否则，它仍旧只是草木。俗语所谓"认得它，是个宝；不认得它，是根草"，正是如此。在人们运用它为人体治疗疾病时，也便是在进行"医"的活动。

故"医"与"药"仿若一对"孪生兄弟"，同时诞生。医，繁体作"醫"，《说文·酉部》称："醫，治病工也。"药为"治病草"，医为"治病工"，二者在治病的活动基础上紧密相连。没有医，便无所谓药；没有药，也就不称其为医。只有医术精湛，方能发挥药物的更大效用；唯有药物质优，方可保证医疗的更高水平。"医"与"药"自诞生起便相互联结、相互依存、相互促进，同呼吸、共命运，存则俱存，伤则俱伤。

浙江省金华市武义县有个车苏村。车苏村有个医药世家，其家族由药入医，由医及药，成就了遐迩闻名的"中华老字号"医药企业。这个医药世家姓李，在清朝乾隆年间由江西省建昌府南丰县东坊牌迁至浙江省金华府武义县车苏村杨思岭居住。

让李家人自豪的是，这支李姓的郡望是陇西郡，出自李唐皇族，是"两宋名臣"李纲、"入闽始祖"火德公（李火德）的后裔。李家主人李海洪常言："我李乃中原贵胄，李唐后裔，客家火德公乃我老祖。"李家到杨思岭定居后就以采集草药、售卖草药为生，至第五代李志尚，由药转医，成为远近闻名的乡村郎中，而李志尚正是浙江省武义县传统医药、国家级非物质文化遗产之一"武义寿仙谷中药炮制技艺"的创立者。

李志尚的独子李金祖自幼随父采药行医，亦成为当地颇有名气的草药郎中。清宣统元年（1909年），李金祖于武义县城下街大桥巷开设了一家名为"寿仙谷"的药号，以收购、炮制加工和出售中草药为主，同时为百姓看病。李金祖由医及药，成为武义寿仙谷中药炮制技艺的第二代传承人。

李海洪，这位武义寿仙谷中药炮制技艺的第三代传人，在寿仙谷药号中成长，习得一身出色的医药本领，1945年接手药号掌门之位。寿仙谷药号在他的经营下，因药品正宗、待人诚信，成为武义一家声名远扬的药店。

1956年，由于诸多因素，寿仙谷药号停业。李海洪回乡务农，但他济世救人的医心未改，在生产劳动之余充当一名乡村郎中，继续为乡民治病。李海洪擅长治疗高烧不退和毒蛇咬伤，对高血压、风湿病、肿瘤、肝肺病等一些疑难杂症的诊治也颇有经验。因此，李海洪的药店虽歇业，但前来求医治病的人还是络绎不绝。

李志尚、李金祖、李海洪李家三代医者治病救人，到哪里都被人家高看一眼，人们都尊敬地称呼他们为"先"。"先"，即先生，是旧时代武义人对知识分子和有一定身份的成年男子的尊称。清何德润《武川备考·风俗考》："绅衿称以先，平民称以哥。""绅衿"之意为：绅，乃有官职而退居在乡者；衿，青衿，生员所服，生员（秀才），也包括未有官职的监生、贡生。绅衿泛指地方上有身份的人。《武川备考》反映了近代武义的风俗：武义人尊称地方上的体面人为"先"（往往是名字或字号后加"先"字），一般的平民百姓称"哥"。这个称呼，直到当代才逐渐消失。李志尚、李金祖、李海洪被人们尊称为"志尚先""李金祖先""李海洪先",足见他们在医药领域的造诣以及在乡民中的威望。

到了第四代，李明焱以开发、推广食用菌起家，完成了一定的积累，后继承祖业，创立了武义县金星食用菌有限公司（如今的浙江寿仙谷医药股份有限公司），提出"打造有机国药第一品牌"的宏伟目标，复兴了寿仙谷药号。2017年5月，寿仙谷股份（603896）在上海主板上市，成为中国灵芝、铁皮石斛等现代中药高新技术行业主板上市第一股，浙江寿仙谷医药股份有限公司成为武义县首家主板上市公司。

武义车苏李氏由药入医，由医及药。至今，"寿仙谷"取得了突破性的全方位发展，在开发有机国药、中药标准制定和产品药理疗效研究等方面位居全国前列，真正实现了祖训"重德觅上药，诚善济世人"的愿望。

有位诗人写道：

寻来犹觉谷生香，石斛灵芝压众芳。
但得人间无疾苦，仁心化作最良方。

一株小草改变世界，一缕药香穿越古今……寿仙谷的医药轶事，史书有少量记载，更多流传于民间。这些轶事传说，为寿仙谷医药技术创新发展增添了文化底蕴。中医药的灵魂在于其独特的依托中华优秀传统文化的品牌文化，而中医药的活力源自其丰富的临床医学实践经验。实践是检验真理的唯一标准。寿仙谷李氏家族几代中医药人的临床应用和医学实践，乃是一笔宝贵的财富。这些宝贵的财富，必将推动这一老字号重新焕发强大的生命活力。

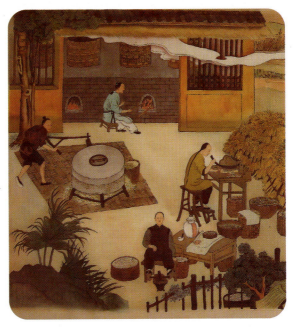

蒸煮、研磨、切制药材

李氏草药世家

寿仙谷李氏乃是草药世家。然而，李家祖上究竟从哪一代开始采药从医，准确的信息李氏家族都说不上来。但据李明焱回忆，父亲李海洪曾对他说："我杨思岭李氏一世祖九郎公，于明朝时从福建迁至江西便有采草药行医的传承。""宾生公带着有万、贵万、则万、百万兄弟自清乾隆年间从江西南丰县逃荒至武义县南乡杨思岭，他们一路上正是依靠采药治病才有饭吃。"

武义县民政局1986年12月编印的《浙江省武义县地名志》中关于"杨思岭"地名的由来，证实了李海洪所述的李氏先祖逃荒迁徙至杨思岭采药的说法。该书在"杨思岭"条目下有记载："先祖李姓，从江西到此拔山络麻（中药名为'了哥王'）为生，而后定居并发展成村。"

李宾生后来与第三子则万返回江西南丰故居。百万、法财、富贵和富裕三代人依靠采草药维持家庭生计，他们既将采草药视为职业，又是缺医少药的山区里的土郎中。李百万舍命救台州商人、李法财治肺病、李富贵治中风等故事，至今仍在武义南乡一带流传。

李百万舍命救台州商人

李宾生率领儿子有万、贵万、则万、百万定居于武义县南乡杨思岭。李宾生在杨思岭居住了一年多，因思念南丰老家，加之水土不服，由三儿子则万陪同返回江西居住，留下有万、贵万、百万三兄弟在武义以采草药为生。

李家三兄弟常年上山采药，还免费为村民治伤疗病。

三兄弟中最小的李百万，生于乾隆乙亥年（1755年）。在他十八岁那年，恰逢生肖蛇年。

话说有一日，百万上山采药归来，经过山坡时，忽闻"哎哟"一声，远远发现坡下的田坎上倒着一个人，趴在地上一动不动。百万见此情形，心中疑惑："难道有人出事了？"

想到这里，他赶忙奔过去，待走近一看，只见躺在地上的是一位中年男子，已然昏迷，其左小腿上有轻微血渍，此时，一条黑蛇迅速蹿入草丛中。百万顿时明白，看来这男子是中了蛇毒。

这种黑蛇在这山上颇为常见，有剧毒，如果不及时处理蛇毒，男子恐有生命危险。

百万蹲下身子仔细查看，此时男子的整个左小腿已肿

寿仙谷轶事录

胀得很粗，还略带黑紫色，男子的状态已是奄奄一息了。百万急忙从药篓中取出剪刀剪开男子的裤管，用力挤压伤口四周，只见黑紫色的毒血一点点地渗了出来，最后实在挤不动了，百万竟俯下身子用嘴去吸吐那毒血。

要知道，这般举动鲜有人去做，那吸出来的血也是剧毒之物，一个不慎人救不成还可能把自己的命搭进去，更何况这个来历不明的男子与他非亲非故。

百万没有想这些，只是不顾一切地为那男子清除毒血，直至自己感到有些头晕目眩，这才停下。幸好他当日采有草药。随后百万从药篓中拿出治蛇伤的草药，一边在口中咀嚼，一边用身上的汤布（过去武义一带农民随身携带，用于抹汗去污的专用长巾，由五六尺长、一尺半宽的白棉布制成）擦拭那个男子伤口处的血迹。治蛇伤的草药嚼碎后，部分自己吞下，部分敷在男子的伤口上。

过了一会儿，男子悠悠转醒，他虽中毒昏迷，不过对身上发生之事，却都有所感知，他知晓是百万舍命为自己清毒，才将自己救回。

因救治及时，男子最终保住了性命。

"你终于醒了，现今感觉怎么样？"百万见男子苏醒，关切地询问了一句。

"已好多了，多谢你救我。"男子欲起身致谢，却没有力气站起来。

原来男子姓黄，是从台州到武义做生意的商人。他带着几个挑夫挑着一批白鳌、虾皮、海带等海鲜到武义县城售卖。一路上，挑夫在前，他跟在后头，时间一长，他与挑夫拉开了一段距离，最终在此迷路，在山岭间辗转，转到山上时，不慎被毒蛇咬伤。

百万抬头望了望，此刻天色已晚，这里距武义县城还有二十多里的路程，以对方当下的状况，怕是难以抵达。

有句老话讲得好："帮人帮到底，送佛送到西。"

百万心地良善，不忍将对方遗弃在这山中，于是说道："黄大哥，我家就在对面山岭上，不如先去我家歇息一晚，待明日伤势好些再回去。"

"这多有不便，我还是慢慢走过去为好。"黄姓商人有些难为情地说道。

"黄大哥放心，我家中有两位哥哥，还有嫂嫂，他们都是极好的人，知晓这般情形，若是把你丢在此处不管，他们定会怪罪于我。"百万笑着解释道。

在百万的盛情相邀下，黄姓商人不再推辞，于是被搀扶着朝杨思岭走去。

百万搀扶着黄姓商人回到家中，见到哥哥、嫂嫂，将事情原委讲述了一番。大哥有万热情地招呼道："百万所言极是，你伤成这般怎能赶路？若不嫌弃家中简陋，干脆住下便是。"

有万一边吩咐妻子江氏去烧热水，一边取出两粒解毒的药丸，一粒命百万服下，另一粒则给中毒的黄姓商人以缓解毒素的蔓延。大嫂烧好热水，百万细心地为对方擦洗伤口，而后重新敷上药，用纱布包扎妥当。

黄姓商人赶忙道谢，此番真是遇到好人了。

有万把黄姓商人安置在东偏房，并嘱咐他莫要着急，在此安心养伤。

百万每日精心为黄姓商人疗毒治伤，黄姓商人的状况也日渐好转。李家一家人十分热情，其间黄姓商人也得知了李家一家人的情况。

过了几日，台州黄家收到黄姓商人在武义被毒蛇咬伤的消息，其女儿按捺不住对父亲的牵挂，匆忙赶到武义车苏杨思岭。

黄家女儿刚满十九岁，生得楚楚动人；李百万比黄家女儿小一岁，也是一表人才，又身怀"绝技"。二人相处多日，同为青年男女，未经世事，互生爱慕之情。

黄姓商人看在眼里，遂生此念：顺水推舟，既成就美事又报恩情，当真是两全其美。

黄姓商人在李家疗伤一月后，完全康复。临走前一日，李家设宴款待黄姓父女，席间，黄姓商人提及结亲之事，李家自然满心欢喜，黄家女儿也羞赧地点头应允。婚期就定在两个月后的良辰吉日。

成婚之后，李百万夫妻恩爱有加，日子过得美满幸福。夫妻二人连生六子三女，百万不但兴盛了李氏家族，而且将祖传的草药、草药方传承发扬。

炮制膏、丹、丸、散

李法财治肺痈

乡间无闲草，用好皆是宝。

话说咸丰皇帝登基的那一年（1850年），李百万的第三个儿子李法财已然七十四岁。有一日，李法财带着十三岁的孙子李志尚前往邻村客塘采药，爷孙俩各自背着一个药篓，一大一小，在村周边割紫苏子。

李法财边割边问小志尚："这紫苏子有什么作用啊？"小志尚早就知道爷爷会随时提问，便不假思索地说道："紫苏子兮降气涩，这是《药性赋》里所讲。《黄帝内经》提及，人年老体重，耳目不聪明，泣涕俱出。故而很多中老年人容易有痰涎上逆之症，可用紫苏子降气。"

爷爷听后，满意地点了点头。

沿着小山路一直行至山脚，有一户农家。

这天，这家大嫂隔很远便望见爷孙二人悠然地走着，右手持刀，左手拿着一把草，边走边聊。她赶忙迎上前去，急切地喊道："法财先生，法财先生，且慢走！我家男人近段时间经常咳嗽，咳痰声像拉锯一样，昨日还咳出了血丝，现今肚子又有点儿痛，不知道怎么回事？"

这位大嫂之所以叫住李法财，是因为他治好过多位患肺上化脓的病人。

多年前，李法财的老婆舅患上了肺脓疡，咳嗽吐出的是又厚又臭的脓痰。李法财给他挖了很多草药，服用后却未见成效。有一日，一位江湖郎中昏倒在杨思岭路旁，李法财将他救回家。原来这位江湖郎中是安徽凤阳人，因风餐露宿患上了风寒，加之急于赶路，又饥又累，所以昏倒在路上。经过十余日的调养，江湖郎中恢复了健康。听说李法财老婆舅得了肺上化脓的病症，郎中送给他一个药方。服用此药后，李法财老婆舅病情果然好转，渐渐不咳了，痰也少了。后来李法财便与这位郎中交上了朋友，且交情颇深。这位郎中将药方里其中一种药告诉他，说这种药叫"铁脚将军草"，并送给他种植。李法财将这块根埋入土中，发芽生长而出，才发现自己认得这种被称为"铁脚将军草"的药，这种草药在武义山坑水边、田边地脚分布甚多，属于蓼科植物，武义人称之为"野荞麦"，学名为"金荞麦"。

李法财治好老婆舅肺病的事后来就一传十、十传百地传播开来。

历经此事后，李法财经过多年钻研，已经能治好多种肺病。

这位大嫂今日寻到李法财，当真是找对了人。

爷孙俩跟随大嫂来到农舍，只见大叔躺在床上。

小志尚一摸大叔的脉象，肺胃脉独大，再瞧其舌头。舌苔白腻，显然是痰浊不降。这一团痰浊堵在肺，恰似乌云蔽空，人又怎能顺气呢？

李法财说道："这肺部都被痰涎塞得满满当当。"大嫂关切地问道："那该如何是好？"李法财言道："这样吧，你们平日煎药汤颇为不易，就用个食疗之法，我给你一个药方。平素可拌在粥里服用，也可调蜂蜜水服用。"

随后，大叔连服了一个多月，病去如抽丝，明显感觉痰浊日益减少，咳痰日渐减轻，最终肺部的痰浊皆被药物清除。大叔告诉李法财："我服用这一个月的药，明显感觉好似有条扫把，从咽喉至胸部往下扫。吃药后顺气多了，痰梗在胸中的憋闷之感也消失了。"

风选车

李富贵治中风

　　李法财的长子李富贵、三子李富裕，继承祖辈的职业，以采草药为生。咸丰年间的某个中午，邻村石闸垄的亲家家里来人，找到李富贵，说亲家在田间劳作时，突然倒在田坎之上，过路人将其抬回家里，依旧面色如土，四肢抽搐，两眼发愣，不能言语。

　　李富贵急忙赶到石闸垄亲家家里，一看便知其亲家中风了。此时，亲家神志仍未清醒，对他说啥都没反应，整个人烦躁不安，面色泛红，脉象弦数。李富贵当即派遣一起跟过来的大儿子李志尚，让他与人一起上山找来几个带刺的板栗壳，烧成灰。然后，他手捧板栗壳刺烧成的灰，身子微微一躬，将灰物吹入亲家鼻中，不过一刻，亲家四肢停止抽搐，又过一刻，四肢便能活动了。

　　亲家虽有好转，但情况仍然十分危急。李富贵当即写下一服草药单子，共计八种药。李富贵将单子交给李志尚，让弟弟富裕与自己赶忙分头入山采挖，同时叫亲家的家人找一枚生锈的棺材钉。

　　到了酉时，兄弟俩采回草药，满满两大篓。

经过一次治疗，当晚亲家的状况立刻安稳许多。烦躁不安减轻，但神智还没有完全恢复。李富贵嘱咐这样治疗早晚各一次。到了第二天晚上，三剂药过后，亲家整个人的神智已相对清醒了，烦躁不宁大大减缓。到了第七天，亲家诸证皆平，转危为安。一个月后彻底康复。

事后，李富贵告知李志尚，他的治疗方案用意很简单，就是竭力改善患者肝阳化风之局面。

何为肝阳化风？说白了，就是这个人肝肾阴虚，阴不能敛阳，肝阳便失去管束，犹如脱缰之野马，形成肝风，吹到脑部。此时，人便会眩晕，甚至意识不清。肝主情志。肝阴不足，肝阳上亢，人就会烦躁易怒，燥扰不宁。患者此时脉象多弦，弦脉，主肝气不宁。然而，在弦脉的同时，患者又往往透着些许虚细，这是他肝肾本虚的写照。

总而言之，此刻的患者，是肝肾阴虚，肝阳上亢，肝风内扰，属上实下虚。

这个时候怎么办？需尽快将体内肆虐的肝风遏制住。因此要用上这些镇肝潜阳，清化痰热，开窍安神之品。如果一味药一味药地去品，就会发现，其功效集中于化痰、清热、开窍、安神这四个方面。这里面，化痰清热，处理痰热之邪，乃是重中之重。

为什么呢？因为肝肾阴虚，必有内热。内热灼津生痰，所以患者体内必有痰热。痰热随肝风而起，闭阻清窍，患者的神识才会被蒙蔽。所以说，欲使患者恢复意识，必须着重清化痰热。

坐堂开方

李富裕圆"梦"

李法财的三子李富裕，在车苏杨思岭长大。二十多岁时，李富裕每日背着药篓在山上采药，下山后炮制中药，以药换取一家生活之需。

一日，武义县市东有位姓王的大老爷患病，得了心肌梗死，病入膏肓，棺材和寿衣都准备好了。这位姓王的大老爷是个好人，年少时考取科名，后曾在外地做了几任县令，众人都说他是清官，年老归乡退养，对待用人、长工和乡民都很好。好人得病，人们都希望他能好起来，所以张贴告示：凡能医好王大老爷病的医生，特赏！

几位名医前来，李富裕虽然不是名医，但年轻气盛的他也想试试。几位医生都开了药方，王大老爷服下这些药毫无作用，唯独喝了李富裕的几味草药，身体才开始有了反应。

但李富裕心里明白，这不是让患者彻底恢复健康的办法。日有所思，夜有所梦。直至夜晚，李富裕仍在思索如何为王大老爷开方。不知不觉中睡着，他梦见：一个身着红色上衣的女孩，手持神鞭，告知他用何药，如何配方……他醒来后，受此梦境启发，重新配药。这是因为李富裕整天心里想的都是如何配药，所以梦中激发了灵感，研究出了新的药方。

用了李富裕重新配置的方剂，王大老爷竟然病好了，此后又活了九年。

自此以后，李富裕有了"神医"之称。他潜心修习，钻研中医，不断积累临床经验，主治一些痼疾和疑难杂症，使普通人看得起病。

西乡杏渠有位士子（读书人），因压力过大，身体失去平衡，四处求医无果，无奈放弃医治。半年后，偶然听友人说起杨思岭的李富裕，便抱着试一试的心态，跑了几十里路前来求医。服下李富裕为其配制的草药后，士子的气色好转，一个月之后一切趋于正常。第二次复诊欲巩固疗效，因为路途遥远他想多带些药，但即使他强烈要求也没能如愿。因为中医需依据病情变化调整药方，哪怕只是药量不同，都会影响效果。这位士子说，李富裕医术精湛，对医学精益求精的态度让他由衷钦佩。

有一年，李富裕来到王毛山村，住在一户农民家里，采药炮制，每日忙碌着。这户农民家有一个女儿，年长他两岁，他采药时，女孩随他拿药篓，回家后给他做饭。一天，女孩的父亲对他说："我观察你很久，想把我女儿托付给你。"李富裕点了点头。

过了几天，家中来了众多客人，他问这是干吗。客人道："我们是来吃你们的订婚宴的。"原以为是让女孩随他学医的李富裕，这才恍然大悟，这是让女孩做他的妻子。从此以后，他走到哪里，都带着自己的爱妻，时日一久，妻子不但学会了抓药，而且学会诊治常见病，比如感冒、发烧等。

李富裕每天心里想的都是药材，一天晚上，他梦见一位老者为他做媒，将一个叫灵芝的女孩许配给他，他说自己已有妻子，可老者仍将那女子硬推给他。

梦醒，他告知妻子："梦中有个女孩说要嫁与我，我应下了。"

妻子笑着道："开什么玩笑？"

端午节前夕，家中无人来看病，李富裕拿着药篓上山采药，在山中转悠许久，准备回家时，突然一阵风刮来，为了躲避这阵风，他来到背风的地方，低头往下看时，看到半山腰有一株灵芝，但他够不着。他回家取来绳子，将绳子一端绑在结实的树上，另一端系于腰间，小心翼翼地采得灵芝。回家的路上，他才突然想起梦中的"媳妇"名曰"灵芝"，梦原来如此！

寿仙谷中药炮制技艺
创立人李志尚

李志尚（1838—1893）是李富贵的长子，后过继给三叔李富裕为子，是李宾生的第五代孙，武义寿仙谷中药炮制技艺的创立人。李志尚六岁即被送到私塾读书。即便家中人口众多，家境困顿，但祖父与父亲对于他读书的费用毫不吝惜，每每加倍供给老师灯油、束脩等各类费用，把期望寄托在他身上。李志尚在私塾日诵四子书，作文时常出类拔萃，整个家族都对他"以大器相期"。

李志尚读书非常勤奋，白天在私塾听讲，夜晚则就着祖母的纺织灯苦读，寒暑未曾间断。

祖父法财公十分喜爱这位聪慧且爱读书的长孙，常乐于把他带在身旁识草药、辨药性。读了四年私塾后，李志尚就能随祖父、父亲、三叔上山采药。祖父每日督促他熟读《药性赋》《黄帝内经》等中医典籍，为他日后从医奠定了良好的基础。受家学熏陶，幼时体弱多病的他常接触各类草药方。凭借深厚的家学，李志尚自学医书，竟能无师自通。与以采药卖药为生的先辈相比，李志尚虽然也采药，但他还能得心应手地开方治病，所以他的主要工作是行医治病。他改良了先辈传下来的草药炮制技艺与草药方，为乡亲治病，很快声名鹊起，成为武义当地知名的草药郎中。李志尚医术精湛，医德高尚，他治病救人的故事流传很多。

寿仙谷中药炮制技艺创立人李志尚

李志尚为人敦厚孝顺，仁爱和顺，事祖父母、父母、过继父母至孝。他于乡间行医，济世安民，满怀一腔热血与善心。其后，众多名人雅士纷纷前来结交，李志尚与市东大地主王家、溪南大商户汤家、曲湖世代读书的巩家皆交往密切。

他自幼养成对祖父母、父母、过继父母晨昏定省的习惯，出门请安，归家问候。李志尚的生母何氏在他十岁时便已离世，其后他过继给三叔，三叔和三婶亦在不久后过世。他遂跟随祖父采药学医，祖孙感情深厚。

咸丰十一年（1861年）四月，太平军进攻武义，二十三日县城陷落，二十七日太平军与乡勇战于曲湖（泉溪），一时死伤无数。彼时他的祖父法财公已八十五岁高龄，祖母何氏也已七十六岁且卧床不起。李志尚一边忙于救死扶伤，一边在祖父母身旁侍奉汤药，衣不解带。七月二十七日法财公仙逝，次年七月二十一日祖母何氏亦与世长辞。祖父母先后离世，给李志尚带来极大打击，每每念及祖父母的恩情无从报答，终日愁容满面，号泣呼天。他对待继母董氏犹如亲生母亲，侍奉父亲和继母，可谓生时尽力，死后尽思。

李志尚不仅医术高超，更是以治病救人为首要，他坐堂的时间很少，多是前往病人家中诊治。

有一次李志尚出诊回家。天色已晚，在村口看到一个男子斜躺在树旁，脸色呈土灰色，志尚急忙奔过去，掐住男子的人中先唤醒其意识。让男子服下几颗自制丹药，问清详情，送上三服应急之药，花钱请邻居用手推车将男子送回家中。

如此救死扶伤之事，一年总有好几回。每年春节这日，李家的大门会有人高声呼喊："恩人受拜，先生万福。"这是那些被李志尚看好病且不收诊金的穷人，用磕头祝福来表达感恩与谢忱。

李志尚用的药一般都是自己去山里采的，并亲手炮制而成。他将草药采下后，便背至杨思岭后山半山腰的向阳处，他平整出一处小平台，时常晾晒草药。故而，至今此处仍名"晒药场"。同时，因杨思岭山上草药甚多，不下数百味，人们又称此山为"药山"。草药质地好，用起来灵验，药到病除，这都与李志尚亲手采挖炮制、药性纯正密不可分。

李志尚妙手回春，解除了众多乡人的病痛。他将一生奉献给了乡人，但也耗尽了他的心血。五十五岁那年，他倒在了出诊的路上。

"点塔七层，不如暗处一灯。"李志尚虽力量单薄，但对病人的仁爱，对穷苦人的救助，堪称一代真君子，再世华佗。

李志尚生前有一个愿望，欲在县城租屋开设一家药店。

当时，武义不断有中药店开业。据1990版《武义县志》记载：清道光元年（1821年），武义县城北上街开办了王储春药店，创办资金达二万银圆，药材品种齐全，选料地道，炮制精良。除总店外，设有同仁堂分号、春裕堂分店。城内的同吉谦、履坦的童义丰、东皋的仁和堂以及宣平城内的仁德品等皆开设于清代后期，在当地颇具声誉。

武义城乡中药店的不断涌现，激起了李志尚、李金祖父子的雄心。为更好地发挥李氏传统中医药技艺服务乡人，李志尚曾多次与其子李金祖商议，欲在县城租屋开一家药店。

光绪十九年（1893年），李志尚壮年离世，开药店的愿望未能实现。直至四年后的"光绪二十三年（1897年），药农买屋于大南门内为公所"（见《武川备考》）。药农集资抢先在车苏李氏之前，在县城开设了草药店。

寿仙谷轶事录

种牛痘

清朝咸丰至光绪年间，天花病毒在武义一带流行，致死率非常高。武义老话中有"出麻不死，出痘死"的说法，即指当时麻疹和痘（天花）严重威胁着儿童的生命健康。得了天花的人只能听天由命，患者大多数在三至五天就会死亡。

天花于中国古代被称作"虏疮"，唐代名医孙思邈依循以毒攻毒之原则，提取出天花患者疮中的脓汁敷于皮肤上以预防天花。他的疗治之法，为后人所效仿，并于宋代出现了"人痘接种法"。虽未将天花病毒彻底消灭，但起到了良好的遏制之效，拯救了众多生命。

彼时，车苏李家与南丰李氏、闽南李氏仍有联系。李志尚"闻西人有种牛痘法，取牛所患痘，刺人臂，数日即痂，无所苦"。于是背负行囊南下，于广州一位痘师处，习得了种痘这一新技术。起初"施于家人亲友，亦无不灵验者。历经十数寒暑，凡慕名而来者，累百盈千"。

开春之后，十里八乡的小孩开始种痘。种痘就是接种牛痘疫苗，李志尚便挨村挨户查看。凡应种牛痘的小孩都给种上，无一遗漏。村民都知道小孩不种痘，死亡率是很高的。

李志尚为小孩种上疫苗后，还要经常去查看，瞧瞧痘痘是否发出，有无感染，有无高烧不退，等等，这些皆须逐一观察处理。前期的用药与上门点种全然免费。待小孩子皆平安痊愈，稻子收割入仓，方收痘礼，男孩收三十斤稻谷，女孩收二十斤稻谷。

李志尚走村串户极为辛苦，风吹雨淋自不必说，若遇突发状况，病人家属匆忙来请，哪怕正在吃饭或睡觉，他也会立刻起身前往。一切以救人为先，一切以病人为重，一切急病人之所急。

一日夜晚，李志尚出诊刚回到家正在吃饭，儿子李金祖说："有一户人家颇为有趣，他说小孩种上痘后，这两天总是放屁。我说吃多了吧，可能是消化不好。"李志尚听闻，面色一沉，放下筷子，背起药箱就走，并叫李金祖提灯带路前往这户人家，为小孩及时诊治。李志尚说，这是元气不保，元气外泄，若不及时补救，恐有生命之危。其后，李志尚专门将这一病历记录于其笔记之中。李志尚的医德堪称医者之典范。

秘方救人[1]

李志尚医病有许多秘方，常能用非常手段挽救他人的性命。其实所谓的秘方，是非常普通的东西。

村里有个男子因为白天劳动过度劳累，半夜突然抽搐晕厥，他的家人反应迅速，又是掐人中又是哭喊，但均无济于事。哭喊声惊动了邻居，邻居过来问清情况后，迅速到杨思岭请来李志尚。李志尚取来艾团，在发病的男子头顶上艾灸，灸到第二遍后，发病的男子长叹一声醒了过来，众人松了一口气。

李志尚经常使用艾灸帮助病人，村民碰到小孩积食、哭闹、瘦弱、不肯吃饭，就会带着他们去找李志尚先艾灸，一般在食指侧弯第一节的外侧灸艾，用针挑着艾粒，以不烧伤皮肤为原则，点到为止。

村里有个人的麻疹出不来，已经病入膏肓，奄奄一息了，他的母亲呼天喊地，父亲都准备放弃了，远房的亲戚听到哭喊声，问清情况后，吩咐人来找李志尚开药。李志尚了解情况之后，立即配制好中草药，他不放心病人的病

---

[1] 本篇为笔者整理采访车苏村何姓村民所得。

寿仙谷中药炮制技艺创立人李志尚

情，又跟着来人一起赶到病人家里。一剂药灌下去后，病人奇迹般好转过来。

李志尚的这服药其实十分简单，就是几味药，但剂量的配伍就大有学问了。

村里有一位老人，痰涌到喉咙里，呼吸十分困难，眼看要断气了。他的家人一面准备后事，一面抱着一线希望来请李志尚。李志尚诊断后说："没有死，也不会死。"随即让老人的家属快把大蒜捣成汁，给老人灌下。蒜汁灌下去不久，老人便大吐起来，吐了好几升痰涎后人便苏醒过来。

口腔溃疡，很多人都会碰到，严重的时候疼痛难忍，碰都不能碰，什么都不敢吃。李志尚有一个治疗口腔溃疡的秘方，既方便又有奇效。其配方是取白矾用刀片刮下少许细末，涂抹到创口上（以能覆盖创口为准），静等五分钟即可。八小时以后便可以正常用餐了，第二天再上一次药，就基本康复了。

李志尚家藏有许多草药，有生鲜的，也有晒干的。只要有人生病，他就会随时赶到；实在没时间，只要跟他说明症状，他都能给配上一些草药，虽是随手一抓，不用过秤但剂量精准，还会嘱咐如何煎煮，如何服用。即使碰到麻烦的病，他也会从容、自信地帮助病人摆脱病痛的折磨。

受李志尚一家的影响，车苏村几乎每个人都会用一些草药或其他土办法来治疗轻微的疾病和缓解伤痛。比如伤风感冒，就用葱头、艾梗煮水喝；上山砍柴受了刀伤，随手摘一些檵木树叶或镰刀草（地柏枝）放到嘴里嚼碎，敷到伤口上，就能止血。

　　车苏村里的人到现在都非常注意饮食禁忌，总把食物分为燥、热、湿、寒、凉几种，什么体质忌食什么食物，每个人都是一套一套的，仿佛个个都是养生高手。比如公鸡肉、鲤鱼肉是热性的食物，气血比较旺的人就要忌食。而很多食物会被认为是湿气比较重的，吃了会聚湿，比如南瓜苗，车苏村的百姓是不吃的，说是聚湿。这些，追根究底，都出自李志尚家的"养生之法"。

铁锅

冒险疗蛇毒

据李海洪回忆，他的爷爷李志尚承继了上一辈的衣钵，采药行医，是一位名副其实的乡村郎中。

乡村郎中行医，有一个很大的特点，就是药物自制。李志尚行医所用之药物，除却本地无法出产的，绝大部分皆亲力亲为，取自大自然。村里人常能看见李志尚背着药篓，腰间系着柴刀，手中持着锄头，迈向植被繁茂的大山。李志尚跋山涉水、风餐露宿，寻觅着那些具有灵性的花草树木。有时，他清晨出门，傍晚就满载而归。更多时候，他需要在山中过夜，甚至在山上待上几天，才会返回村落。有一次，他竟然去了五天，村里人甚至怀疑他被野兽吃了。就在众人猜疑不定之时，李志尚仿若一位野人，衣衫褴褛，头发如鸟窝般杂乱，蹒跚归来。他的背上驮着一背篓的枝枝叶叶、藤藤蔓蔓、花花草草。据李家后人讲述，李志尚从悬崖跌落，历经千难万险，方才爬上崖壁，捡回一条性命。有人觉得李志尚独自进山太过危险，便提议做他的伙伴，陪他一同进山，然而李志尚皆坚决回绝。依祖训，采药时绝不能让他人看见。

药采回来后，李志尚便唤上家人，对那些枝枝叶叶、藤藤蔓蔓、花花草草予以归类，放进数个大簸箕中，置于太阳下晾晒。于是，一股苦涩清爽的草药味儿于阳光下散发开来，袅袅升腾，静静扩散，弥漫在村中。人们嗅着草药味儿，就知道，志尚先又在晒药了。

药晒干后，李志尚就将它们切碎，炮制加工，分类包装。李志尚家有一个硕大的杉树架子，上面是一个个小小的木头柜子，李志尚就把药物依类别装入柜中。这个大木架子是祖传的，已传了很多代。如今，这个大木架子一直放置在老屋厢房，柜子上的漆已然脱落，木头上布满密密麻麻的蛀虫眼，似乎饱经沧桑、历经风雨。

有一次，村里的外来户王篾匠遭毒蛇咬伤，其养子王亮急匆匆地跑来请李志尚。

那天下午，村里一伙顽童拥向王篾匠家的院子，要看李志尚治疗蛇毒。太阳已然偏西，阳光透过树叶的缝隙，稀稀疏疏地洒落。王篾匠躺在院子里的竹椅上，牙关紧咬，大汗淋漓，不时发出几声痛苦的呻吟。

听说，王篾匠被一种名为"竹叶青"的蛇咬了。"竹叶青"通体青绿，喜居于竹上，因其颜色与竹相近，静止时与竹叶相融，难以察觉。这种蛇有毒，人一旦被咬伤，若不及时处治，十分危险。王篾匠也是倒霉，他身为篾匠，几乎每日与竹子打交道，从未遭遇过"竹叶青"，可那日偏偏不走运。他去屋后的竹林砍竹，伸手去拉一枝细枝条，不料一条小"竹叶青"恰好伏于其上，闪电般咬了他手臂一口，瞬间消失于竹林之中。

李志尚仔细查看了王篾匠的伤口，脸色变得凝重起来，他抬头对王篾匠父子说道："此毒太强，必须立刻吸出，否则性命难保。"说完，李志尚不再看旁人，低下头，猛地把嘴对准王篾匠的伤口，狠劲吮吸起来。王篾匠父子惊愕万分，围观的人也大惊失色。望着李志尚将浓黑的血吸出吐在地上，众人不禁思忖，他难道不惧蛇毒吗？

过了一会儿后，李志尚终于停了下来，他无视周围如雕塑般的人群，径直走进屋中，舀了碗水，洗漱口腔。完毕，旁若无人地走出院子，采摘了一些树叶野草，而后走回院子里。王篾匠已经停止了呻吟，睁着眼睛，怔怔地望着李志尚。只见李志尚张开嘴巴，把那些树叶草叶塞了进去，如老牛吃草般，咀嚼起来。这些树叶草叶有的气味难闻，村里小孩平日放牛时，遇到这些树叶草叶，都会避开而行。几分钟后，李志尚已将嘴里树叶草叶咀嚼成了黏糊状，吐了出来，悉心敷在王篾匠的伤口处，然后说："没事了，再喝几帖草药，调养几日便好。"后来，王篾匠果然无大碍。

治疳圣手

麻、痘、惊、疳，乃是往昔危害小孩身心健康的四大常见病症。尤其疳积，初始时毛发干枯，食欲欠佳，渐渐地肌肤亦干枯，干哭无泪，甚至会出现无法行走等症状。

李志尚治疳积可谓手到病除，治愈了不知多少病患儿童。

东皋有一个财主的儿子，日益消瘦，食欲不振，毛发稀疏且干枯，面色发黄，精神萎靡。已请大夫看过，认定是患了疳证，然而几服药物服下，病情反倒越发沉重。闻听李志尚医术高超，财主几经辗转才请到李志尚为宝贝儿子诊治。

李志尚带着儿子李金祖来到东皋，查看之后对李金祖说道："此小孩患有疳证，因脾胃虚弱，对食物的消化吸收功能欠佳，长久下来致使腹部气机壅滞，瘀血内停，所以呈现出腹部胀满有包块，青筋暴露的症状。治疗需标本兼顾，方能奏效。"

只见李志尚左手拇指轻按住病儿的掌心，用蘸着酒精的药棉，擦拭其左右手掌的四缝穴，随即用经过消毒的三棱针，准确无误地轻轻扎下去。针抽出指缝后，当即可见有呈黏液状的"积水"从穴位中涌出（轻症者呈白色，重症者现黄色）。此时，李志尚手执小型药棉球将"积水"挤擦干净后，笑吟吟地说道："好了，不再生积啦。"

李志尚告知儿子李金祖，但凡生积的小儿一针便现积水；若无疳积，扎针再深亦无积水，且会见血，孩童也会大哭叫痛。李志尚语重心长地说："医者千万别看错眼哟，免得扎错痛了孩子。针积看似简单，实则一定要掌握扎针的深浅和停针的时间——功效大小程度全在于此。"

扎针主要是为了消散积块，还需配合蟾蜍丸活血祛瘀、消症破结。坚持治疗一段时间，孩子的精神状态逐渐好转，身体也变得壮实，其他症状也慢慢缓解。总结整个诊治过程，就好像要先清除隐患，后续做事方能更得心应手、事半功倍。

李志尚和儿子李金祖刚回到家，邻近何村的一对年轻父母带着他们五岁的儿子来到李家。这五岁小儿，因饮食无度，常以零食为主食，本末倒置，餐桌上偏爱油炸食物，久而久之，孩子身体牙齿皆生长不佳。而且明显比同龄孩子瘦小一半，虽营养不缺，却毛发干枯，走路歪歪斜斜，仿若患了大病一般。一到县城中药店检查，方知是疳积。用了不少消积除疳之药，却不见成效。他们遂寻至杨思岭，恳求李志尚救治。

李志尚对儿子李金祖说：看，这便是零食养出的病症。若家里条件没这般好，孩子反倒能长得好；条件太好，没有教育好孩子，反而将孩子养坏。世间之事，总是福祸相依。不懂养生之道之人，即便生于富豪之家，也必多病缠身；懂得养生之道者，虽居于贫穷之地，亦必健康成长。

这对年轻夫妇深有感触地说："志尚先，您所言极是，许多条件不如我们家庭的，他们的孩子无须操心，便能健康成长，而我们却一直为孩子忧心。"

李志尚说："不从家庭教育、养生保健入手，将来操的心更多。"

年轻夫妇问："那该如何是好？"

李志尚道："从此不让孩子吃零食，只吃主食，若做不到，医生也没办法。"

然后，李志尚又教他们用四君子汤给孩子健脾胃，同时加进少量的蟾酥，以汤药送服。

奇异的是，这般平和的药，孩子吃后居然胃口大开，食量增加，后渐渐身体健壮，毛发滋养，皮肤变得红润。

李志尚通过李金祖亲眼所见的病例，告诉儿子，《太平圣惠方》有记载："夫小儿疳疾者，其状多端，虽轻重有殊，形证各异，而细究根本，主疗皆同，由母哺乖宜，寒温失节，脏腑受病，气血不荣，故成疳也。"疳积的根本病机乃是由于饮食或情志伤脾，小儿脏腑娇嫩，致使脾胃受损，脾胃运化失常，食积不化，久则蕴湿生热，阻滞气机所致气血生成障碍，终至厌食使发育迟缓，并归为"小儿疳积"病。治疗不应单以健脾和胃为法，更须注重清热凉血。故而，《药性论》记载，治小儿干瘦，可用蟾酥配合朱砂、麝香制成丸子，如麻子大小，每次空腹服一丸。

李志尚还告知李金祖另外一味药，便是鸡屎藤。鸡屎藤有着极为强大的消食化积之功效，配合挑四缝穴，治疗小孩疳积效果甚佳。

李志尚说，采回来的鸡屎藤在锅里翻炒，炒至微微发黄，阵阵香味扑鼻，细磨成粉，放至处方的汤药里一同服用。后期调养，就会用鸡屎藤配合补气血的其他药制成疳积膏，味道极佳，小孩皆爱饮用。

小篾烘笼

对症下药

李志尚一生穿梭于穷乡僻壤、缺医少药的山村之间。在当时的农村，若非病情重得危及生命，都不愿意轻易就医，因此一旦求医，病人往往已是九死一生的地步。

同治年间，武义举人徐增熙两岁的儿子患上一种"呕吐病"，吃奶吐奶，喝水吐水，吃药吐药，诸多医生前来诊治，都未有见效。

眼见孩子急剧消瘦，徐增熙一家束手无策。

学馆里的同事皆言："听闻大南乡车苏村杨思岭的志尚先治病颇有手段，何不去请他来一试？"

徐增熙赶忙派人去请。真乃病急乱投医，徐家派出数班人马去请医生，当李志尚抵达徐家时，便见已有两位医生正在为孩子看病。李志尚遂默不作声地坐在一旁，欲听听他们的见解。

两位医生诊过病，又查看了此前一些医生所开的药方，继而商议起来。

一人说道："这孩子病了这般久，众多医生诊治，皆给孩子服用理中汤，怎会毫无效果？想必是药不对症。我想咱们还是别再给他开理中汤了，不知仁兄意下如何？”

另一人也连忙道：“我正有此想法，咱们还是去客厅商讨一番，想想其他法子吧！”

“请！请！”两位医生说着便离开病房，前往客厅。

待两位医生离开房间去客厅探讨时，李志尚方才前去查看孩子的指纹，按脉询问病情。

看完病，李志尚没有马上开方，他沉思许久，认为根据病情给孩子服用理中汤是正确的。问题是这孩子乃是胃寒而吐，当以热药治疗。只是寒盛于中，投之热药，两情不得，所以不见效。

他来到客厅，欲与两位医生商议，见二人正在开方子，便说道：“二位年兄，李某不才，但有个想法欲与二位探讨，不知二位意下如何？”接着又道：“我认为，这孩子还是应服用理中汤。这种病症，《内经》中已有记载，属阴盛拒阳之证。但在服药之法上宜寒因热用，热因寒用，伏其所主，克其所因，方能奏效。”

话未说完，这两位医生便朝这一身乡下人打扮的李志尚瞧了瞧，不服气地冷笑着说：“李先生喝的墨水多，能讲很多道理。你大概还不知这理中汤已服过多次了，不知你有什么本事让他服药不吐？”

李志尚笑道：“恕李某冒昧，我以为，治病重在寻其根本，只要找到根本原因，治疗便容易得多了！”

"好！好！那就看你李先生妙手回春了。"两位医生不约而同地讥讽李志尚。

"二位不必取笑，我的意思不是为了和二位争高低，我们的目的都是治病救人，还是赶紧为孩子治病吧！"

两位医生悄悄商量起来，其中一人说："这孩子的病已是九死一生了，若诊不好还会损坏了我们的声誉，现在既然有了这位替身，我俩何不趁早离去？"

另一人一听，连连点头称是。二人便对徐增熙说："看来志尚先必有妙方，还是让他诊治吧！"言罢，二人便溜走了。

那两位医生一走，李志尚依旧开了理中汤。只是让徐增熙购回几个猪胆，加上几味简单的药物拌匀炒干后，才煎给孩子服用。

说来的确稀奇，同样是理中汤，这次患儿服下再没有吐出来，呕吐之症即刻止住了。

这件事传到两位医生耳中，他们联想到李志尚对他们讲的一番道理，皆心服口服。

山药刨

治病辨冤

这是一个关于李志尚治病辨冤的故事。

有一次，李志尚行医路过茆角村，这个村的大姓也是李姓，在村口，他碰见一群人叽叽喳喳，议论不休。这个说："这真是把咱们李家祖宗的脸丢尽了。"那个道："没想到他家出了这样一个见不得人的女儿！"

李志尚听了这些让人不明就里的议论，心中甚是纳闷儿，一心想要弄个明白。

于是，李志尚向一位年约五十岁的老汉打听，这才知晓了事情的来龙去脉。

原来，这村子里有一位叫李平林的秀才，他是这一带的富豪，为人坦率侠义，乐于助人，在乡亲们当中威望颇高。

李秀才有个女儿名叫李霞，年方十七，生得妩媚俊丽，楚楚动人，平素很守规矩，极少出门。

数月前，附近东皋集镇上来了一个大戏班，李秀才与夫人每日都去看戏。

有一日，李霞的表兄来到她家，说是有急事要找李秀才，李霞只好带着表兄前往戏场寻找父亲，就这般顺便陪同表兄看了一会儿戏。

事也凑巧，没过多久，李霞便得了一种怪病，面容黄瘦，肚子渐渐大了，好像有了几个月身孕。

如此一来，一些喜好搬弄是非之人就将那日看戏之事联想起来，捕风捉影，造谣生事。

可恨经人一传，此事竟有声有色，活灵活现，一时闹得满城风雨。李家本是书香门第，最讲颜面，出了这等事，李秀才的脸往何处搁呢，又怎肯轻易罢休？

果然，话一传到李秀才耳中，他立刻暴跳如雷，先将夫人狠狠责骂一通，怪罪她对女儿管教不严。

接着又把李霞找来，不分青红皂白一顿毒打，要她交代是否做了见不得人的事。

李霞本就问心无愧，自然死也不承认，气得李秀才大病一场，数日不愿外出见人。

李霞更是满腹委屈，一再向母亲申辩，她没有做越轨之事，只知道几个月来自己身体不舒服，吃不进饭，慢慢肚子里仿佛长了一个肿物。

李夫人平素了解女儿，原本就不信女儿会干这种伤风败俗之事，见女儿这般说，就来找李秀才说，要请个郎中给女儿瞧瞧是不是得了什么病。

李秀才脾气暴躁，认为是夫人纵容女儿，不等夫人说完，就恶声恶气地质问："这还亏你说得出口，这种病怎么去请医生看呢？要找你自己去找！"话不投机，二人就又大吵了一场。

李霞知道自己跳进黄河也洗不清了，便想一死了之。趁着家里人未留意，偷偷拿了一根绳子到村边的树林里上吊。

不想中途被村里一位拾柴的人发现救下。所以，村子里的人都聚集在村口议论纷纷，正巧被李志尚碰上了。

李志尚觉得此事有些蹊跷。他想，这女子若的确是因病肚子大了，不及时治疗，恐怕这女子死了，还要做个冤魂，便自告奋勇地来到了李秀才家。

听说有位过路郎中主动来为女儿看病，李秀才不高兴，本希望此事越少人知道越好，但一看郎中已经来了，不让诊病，似也有些不近人情，只得陪着夫人强装笑脸，请李志尚为女儿诊治。

李志尚详细询问了起病经过，切过脉，又查看了舌苔，断定她是患了"积症"。于是板着脸责备李秀才和夫人："你们做父母的也真是太过荒唐了，孩子有病不请医生诊治，还误听谣言，差点误了女儿的性命！"

李志尚又对李霞说道："哎，你这姑娘也真傻，自己问心无愧，怎能去寻短见哩！你这般死了，别人不是更要说你是无脸见人而去死的吗？"

听了李志尚的话，李秀才羞愧难言，既感激志尚先，又愧疚于自己冤枉了女儿。

李霞只晓得一个劲儿地哭。李志尚知晓她是因受了委屈，郁积而发的缘故，又耐心劝慰了一番，然后开了行气消积、活血通络的草药方。

服下李志尚的十余服药，李霞饭量增大，肤色慢慢变得红润，大肚子也渐渐消了，李秀才心中的一块石头总算落了地。

到了这时候，这桩冤案才算水落石出，传扬出去，大家都说："若不是志尚先，李霞肯定要做屈死鬼啦！"

润药盆

治疗老人遗尿

李志尚潜心研读中医经典著作，曾治愈过诸多如今所谓的不治之症。

同治年间某日，李志尚有过一次未见病人便开方诊治的经历，这在李志尚的行医历程中极为少见。

武义西乡下杨村的杨某，男性，八十六岁，其子经友人介绍向李志尚求诊。因其父年事已高，身体衰弱行动不便，其子独自前来。依李志尚一贯的行医作风，本不应接诊此类问诊信息不全的患者，只因友人再三嘱托，方才接下。

其子向李志尚描述老人的症状为：畏寒喜热，面黄体瘦，大便溏泄，终日遗尿，无其他慢性疾病。

李志尚沉思许久，开出了药方。

患者用药后传来喜讯：白天下身已无须垫破布棉絮，晚上还需继续使用，体力稍有增强。

其子前来询问，李志尚认为有效便不更改药方，又让其再进七剂。服药后反馈称：已无遗尿现象，体力增加。李志尚便以"健脾开胃壮肾膏"进行善后调理。

李志尚说："年老遗尿，未睡而遗，白天未眠且自行遗尿，此命门火衰，寒至极处不能制水，阳衰阴盛水沉之，火无水制则火上炎，水无火制则水下泄。老人寒极而遗尿，当补老人之火。"

李志尚将中医的阴阳五行理论阐释得如此透彻，通过"闻"就可以知道患者病情，真如古人所言，望而知之谓之神，闻而知之谓之圣。

李志尚的药箱里常年放置着自制的丸、散、膏、丹，只要辨证准确，皆能救人于危难。他还说，我们中华民族诸如华佗、扁鹊、李时珍、孙思邈、张仲景等中医大家，都为后世留下了太多的宝贵经验。

中医有着数千年医治疑难杂症的经验，便是这样一点一点积累出来的啊！

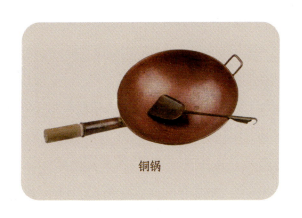

铜锅

巧诊生漆过敏

寿仙谷轶事录

东乡白溪有一位新婚不久的年轻人，没几日便罹患痘疹，周身浮肿，头面更是肿胀不堪，眼睛肿得难以睁开。请了很多医生，都束手无策。无奈之下，只好请来李志尚。

李志尚诊断过后，觉得年轻人脉象平和正常，只是略显虚弱，一时间，未能查出病因。接连数日，反复诊察，却始终毫无进展。

恰在此次复诊时，李志尚走了一段很长的路而觉得饥饿难忍，于是就在年轻人床前就餐。他看见年轻人用手掰开眼睛，看他吃饭，便问道："想吃饭吗？""非常想吃。"年轻人说，"只是别的医生告诫我不能吃！"李志尚说道："你的病症与吃饭并无妨碍！"于是让年轻人进食。年轻人饮食正常，李志尚更觉得这种病症不可理解。

李志尚在病房中沉思良久，看到房内崭新的家具，突然发觉新床、新桌散发的漆气熏人，猛然醒悟，说道："终于找到病因了！"当即让年轻人搬到另一间卧室，将药敷在他身上。过了两三天，年轻人的病就痊愈了。原来是年轻人对生漆过敏，其他粗心的医生都未曾诊察出来。

一日，李志尚应邀前往孙里坞一孙姓人家出诊。孙家有一个婴儿，出生几天后突发"百晬嗽"。李志尚进入堂屋，茶毕，即刻诊察病婴。只见婴儿咳嗽十分频繁，面色苍白、汗流不止、满头青筋、囟门宽大。他诊视后告知孙家主人："该婴儿为肝风有余，肺气不足，中气极虚。"立即开处方交给主人，并告诫"方剂中需用上等高丽人参，病婴危重，非人参难救"。

孙家人犹豫不定，惧怕人参大补，恐有不妥。匆忙又另请一位医生诊治，而这位医生认为婴儿出生未久，至柔至弱，服用人参这等峻补温热之品，断断不可！孙家听信了这位医生之言，没有用李志尚的处方。连续两三个月，虽精心调养，但病婴仍未见好转，甚至病情加重，奄奄一息。

孙家万般无奈，只得硬着头皮再次请李志尚诊治。李志尚心胸宽广，不记前嫌，迅速赶到病婴家详细询问治疗情况。经过详察，李志尚告诉孙家，该病婴仍有救治的希望。于是开出处方。数日竟获大效，经过二十多天的精心调治，病婴诸症消失，堪称起死回生。

孙家对李志尚千恩万谢，称其为救命恩人。李志尚以此病例告诫那位医生，婴幼儿并非绝对禁用人参，关键是要用得恰到好处。"水能载舟亦能覆舟"，甘草虽温和亦可杀人；人参效力强大，能够力挽狂澜，转危为安。婴儿本性稚嫩柔弱，稚阴稚阳，久病阳气亏缺，助阳平阴，诸症自会平息。

一席话使那位医生自觉羞愧，慨叹获益良多。

筛选、风选药材

寿仙谷轶事录

巧治婴儿昏睡

李志尚医技高超，对各类疑难杂症亦有独到见解。

话说武义县城有一官宦人家，家中有一小婴儿，整日昏睡，呼之不醒。家人遍请城内名医为之诊治，大多数诊断为惊吓所致，所开方药皆为平肝镇惊之类；更有以艾火灸治者；亦有给予灌鼻之药者。种种法子皆未见成效。

主人百思不得其解，孩儿降世不过数日，身体发育正常，亦未曾患病，何来惊吓致病之由？因此对众医的分析一直持有疑虑，只得派人远请李志尚前来诊治。

李志尚详察病情并听主人陈述后，发觉病婴的两脉皆平和，倘若为受惊吓所致，病婴脉象定然洪大且强。于是，李志尚私下与乳母交谈。并问她三天前有无酒醉之况？乳母语塞，追问再三才细声答道："夫人前几日用好酒招待客人，醇酒味道尤为香美，待客人走后，主人邀我也上席，我趁着酒兴，将一壶酒饮尽，主人还称赞我好酒量！结果我酩酊大醉，昏睡了一天一夜。"李志尚拍案而起，自言自语："原来如此。"

李志尚认为老年陈酒味甘回香，乳母醉酒后乳汁中含有酒的成分，小儿稚嫩，吸吮了乳汁，自然也会酒醉不醒了。确定病因后，李志尚开具了解酒催醒的方药，挥毫而就，生甘草、葛花、缩砂仁、贯众等，让家人赶紧煎成药汤，给婴儿服下少许。不出所料，一个时辰过后，婴儿苏醒了，且还有胃口吃了一肚子饱奶。

中医治病，贵在治病求本。李志尚对病因进行辨证，他洞察入微，追根溯源，求得确切病因，调兵遣将用药，直抵病处，故能收到满意效果。

三角药架

奇怪的噎病

在武义城乡曾流传着这样一个故事。

一天，李志尚出诊归来，刚至家门口，看见一个衣衫褴褛的中年男子躺在地上不住地呻吟着，旁边坐着一个面容憔悴的妇女。

"大嫂，你们怎么了？为什么在这里哭呢？有什么难处和我讲讲，说不定我能帮衬一二。"李志尚轻轻扶起妇女，和颜悦色地问道。

"您是……"妇女迟疑地问道。

"在下李志尚。"

"志尚先……"妇女抹着眼泪，"他这怪病已患了许久，不知瞧了多少大夫，吃了很多药，却总不见好。都说您乃神医，不知您可有法子？"

"您宽心，只要能帮上忙，我必竭尽全力。来来来，先到家中坐下，待我仔细瞧瞧你丈夫的病症。"李志尚搀起男人，招呼着二人进家。

"俺们没钱，为了给丈夫看病，家里的钱都花光了，不瞒您说，俺们是一路乞讨过来的。"妇女嗫嚅着说道。

"诊金的问题你不必担心，先进来再说。"李志尚眼中满是关切。

妇女连连道谢："谢谢志尚先，谢谢志尚先！"

夫妇二人随李志尚进了李家，李志尚立刻叫儿子李金祖拿来饭菜供夫妇二人充饥。

妇女仅吃了少许，男子竟未动筷子。

李志尚上下打量男子一番，将手搭在男子脉搏上，捻着胡须暗自沉吟，从面相与脉象来看，不像病势沉重之人啊，病根究竟在哪里呢？他问道："大嫂，大哥这病何时患上的？有何症状？"

"他平素喜欢喝酒，一天喝酒时突然被噎了一下，自此便得了这怪病。他总觉心口有块石头堵着，往后饭量越来越少，慢慢连话也说不出了。家中请了许多郎中皆束手无策，眼瞅着他瘦得皮包骨头，怕是没几日可活了。"妇女说着，心疼地望着男人。

"哦，原来如此。"李志尚点点头。随即他心头一亮，笑着对妇女说："大嫂，您先与大哥歇息片刻，我去去就来。"

不一会儿，李志尚回来了，手中端着一碗热气腾腾的药汤，对妇女说："让大哥趁热将这药喝下吧。"同时将一个方子交给妇女，并说："这药我家里有，但你们路途遥远甚是不便。我给您开张药方，这药煎服三剂，您丈夫便会恢复如初。"

妇女小心翼翼地接过药碗，将药汤送到丈夫的口边，男人见药汤颜色暗红，隐隐有腥臭之气，面露难色。

李志尚略显不悦："这是不信我的医术？"

男人想想自己的病，遂一口气把药喝掉。

男人服药后，并无明显反应，只是突然想呕吐。

妇女拉着男子一同跪倒在地，说："神医啊！我们从西乡远道而来，求您救救我的丈夫，大恩大德，俺俩永世不忘！"

"快快请起，快快请起！"李志尚搀起两个人，并安抚道："不用看了，你们回去吧，药服下便会好。"

夫妇俩回家后，因村子里没有郎中，妻子拿着药方拜见了本地私塾里的范先生，范先生看罢方子，笑道："这药方很普通，服了也不会有啥坏处。"妻子抱着死马当活马医的心态，到王船头集镇的药店买了药，回来之后煎好喂给丈夫服用。

岂料男人服下之后，突然腹中作响，没过多久便如翻江倒海，接连拉了三次，然后他顿时觉得舒畅了许多，有了食欲。妻子端来白粥，男人就着小咸菜吃得甚是畅快："想不到往日里寻常的白粥，竟如此美味。"

连服两剂药后，男人的病竟痊愈了。

这令男人甚为惊奇，问妻子："我们莫非是遇到了扁鹊、华佗？此间竟有如此神术。"于是他备了厚礼，亲自去向李志尚致谢。

男人数次前往杨思岭，李志尚不是上山采药，便是外出诊治病患，他不得不吃闭门羹。男人回到家中，将此事告知妻子。

妻子沉思：这郎中对我家有大恩大德，受人恩德，当思报答。就让丈夫继续到杨思岭，后来男人终于见到了李志尚，得以当面致谢。

经此一事，李志尚的名声在本地越发响亮，后来有人如患了噎病，皆用那个方子，无不立竿见影。

当时南乡一位秀才为李志尚写下这般一首诗：

悬壶济世医苍生，妙手回春解疾疼。

沿用至今四疗法，望闻问切好传承。

辛劳采得山中药，克奋医活世上人。

谁曰华佗无再世，我云扁鹊又重生。

片刀

第二代传人李金祖

李金祖（1869—1955）是李志尚的独子，武义寿仙谷中药炮制技艺的第二代传承人。李金祖七岁入私塾，攻读《论语》《孟子》等儒家经典，博闻强识，常能过目成诵。十一岁那年，李金祖开始跟随父亲上山采药。李金祖仅用一年时间，便将《内经》熟读于心，十几岁便展露了学习中医的天赋。

在此后的十一年间，李志尚对他的要求极为严格，李金祖先学习炮制、卖药，逐渐也能自行开具一些固定的方子。光绪十九年（1893年），李志尚离世。从那年开始，李金祖单独行医，后来渐渐成为当地声名远扬的中医草药郎中。

清宣统元年（1909年），李金祖经朋友介绍，于县城下街大桥巷与人合伙开设了一家名为"寿仙谷"的药号。这位被人尊称为"李金祖先"的草药郎中，一时之间成为既通药理又能行医的城中名医。

进城开药店后，李金祖如饥似渴地搜集武义古代医家的遗方，并对这些遗方加以研究改造，进行临床验证，形成有效验方；不遗余力地创新和改良中药炮制之法，自制部分药丸、散剂，令药号生意兴旺。

李金祖博览群书，医术日益精进，注重辨证施治，尤其擅长诊治疑难杂症、危重症。

治好幽痈之症

李金祖年少时便聪慧好学，博览群书，尤其精研医术，能够博采众长，深得中医之奥秘，然而他为人低调，谦逊谨慎。

光绪末年，李金祖因开药店之事，时常往县城奔走，于是人们渐渐知晓他医术专长，前来求医之人日益增多，摩肩接踵，几乎将他家门槛踏破。李金祖对患者无论贫富贵贱，一视同仁，予以医治。即便严寒酷暑，他也尽心尽力诊断施治，他的妙手回春，让很多患者得到了有效救治。

邻县永康有一人名叫陈启元，某年突患名为"幽痈"之病症，胸腹部肿胀犹如扣了一口大碗。就医时，医生诊断须开刀做手术。手术后，陈启元疼痛至极，血流不止，气息微弱，命悬一线。其后听闻武义县车苏村的李金祖擅治痈疮、毒疽等病，遂请李金祖诊治，未及一月便痊愈了。

原来，"幽痈"乃传统中医所指"腹痈"的一种。此病症表现为在肚脐上方约七寸处有鹅蛋大小的肿块，致使两肋胀痛。这是由于平素多食大鱼大肉，饮食过于丰盛，突遇烦心事，致使忧思气结，肠胃不通，郁结而成肿毒之病。

治疮得针技

李金祖治病有自己的绝活，加上他待客热忱，为人厚道，因此上门就医和请他出诊的患者络绎不绝，门庭若市。

据传，光绪末年的一日，李金祖在出诊归家途中，忽闻一阵凄楚的呻吟声，随之又嗅到一股浓烈的脓臭之味，侧身望去，只见一位僧衣褴褛、骨瘦如柴的老和尚，背着黄布袋，斜卧于塘埂之侧，眼看即将昏厥。救人要紧，李金祖未作他想，一把将老和尚驮于背上扛回了家中。

李金祖为老和尚擦身更衣时，发现他背上有一个巴掌大小的疔疮，已溃烂得血肉模糊，脓液流满后背，于是即刻动手，一边为其施针止痛，一边为其消毒开疔。

待老和尚清醒后，一经询问方知，他原是浙南一所大寺庙的僧侣，法名悟性，因触犯寺规，被住持逐出山门，流放三年。其后因四处漂泊，日晒夜露，食不果腹，以致邪毒侵体，患上了疔毒之疾。在他性命垂危之际，幸得李金祖相救。

李金祖精心为老和尚医治了半月有余，疮疾虽有好转，但疮口始终难以愈合，这令李金祖寝食难安。他苦思冥想，终于忆起儿时狗舔冻疮，疮口愈合的情景，决定在老和尚身上一试。于是，每日为老和尚清理好疮口后，他就让自家的一条小奶狗舔舐疮口。这招儿连续用了数日，老和尚的疮口竟奇迹般地愈合了，元气亦有了大大的恢复。

此事之后，李金祖用狗舔舐疮口治好老和尚的故事在当地传为奇谈，被人们视作民间偏方传说。然而，从科学的角度来看，这种方法存在很大的风险，不能被广泛推广。

狗的口腔中含有大量的细菌和病毒，虽然在某些特定情况下可能会出现看似疮口愈合的现象，但这很可能只是巧合。实际上，狗舔舐疮口可能会导致伤口感染加重，延缓愈合甚至引发严重的并发症。现代医学有严格的伤口处理方法，包括清洁伤口、消毒、使用合适的药物促进愈合等。对于疮疾等病症，应该寻求专业的医疗诊断和治疗，遵循科学的方法，而不是依赖没有科学依据的民间偏方。

老和尚临行前，双手合十，恭恭敬敬地对李金祖说道："感谢先生对老衲的再造之恩，老衲无以为报，但有一放针小招，欲授予先生，不知可否？"李金祖闻后激动万分，急忙还礼道："大师，草民自小学医，因家父辞世过早，只学到些皮毛，远未得医道精髓，今有大师指点，求之不得，万望大师赐教！"两个人说着，并肩进屋，传"技法"去了。未过几日，因和尚流放期限将满，便辞别李金祖，扬长而去。

一针灵

转眼半年过去，到了这年隆冬腊月，天上下起了鹅毛大雪，河面结起了冰层。这天，李金祖无事可做，便独自于房中钻研老和尚授予他的"独门绝技"。突然听到有人拍窗叫喊，是邻村财主刘百万登门拜访，请他上门诊治，于是就走了出去。

刘百万一见李金祖，赶忙扑上前去，心急如焚地说道："劳烦金祖先火速前往，救救犬子，他已昏迷两日两夜啦！"李金祖一听刘家公子身患重症，急忙背起药箱，钻进了刘百万给他备好的轿子。

一路上，李金祖细细询问刘公子的病情："前两天我还见贵公子生龙活虎，怎会突然患上重病，他究竟是怎么得病的呢？"刘百万长叹一口气，低下头道："丢人啊丢人，都是他自作孽啊！"接着便讲述了其子的发病缘由。

原来，刘公子自幼娇生惯养，长大后竟成了浪荡公子，仗着刘家有钱，到处吆五喝六，寻花问柳。就在前两天夜晚，他闯入南村一户人家欲侵犯女主人，男主人发现后一怒之下举起扁担追打，刘公子见势不妙，来不及穿上衣裤，光着身子破窗而逃。男主人紧追不放，直将他逼至清溪边，刘公子见无路可走，便破冰扑溪逃回来，一到家门便昏倒在地，至今未转醒。

李金祖听后心生疑虑，接着问道："刘大财主，您家向来无论大小疾病，都请城里的名医高手诊治，此次为何拖延这么久，不去请他们反倒叫我上门呢？"

刘百万无可奈何地摆了摆手说："他们来看了，也开了一些药，但是一直没见到什么效果。"讲到此处，刘百万恳求道："听说金祖先您近日受高僧指点，想必定有回天之力，因此特来府上，恳请先生救救犬子性命，事后必有重谢！"

李金祖听了患者病情经过，又回想起悟性大师传授的扎针绝技，对于治好刘公子的病，心中有了几分把握。

不到半个时辰，轿子已至刘家府上。李金祖匆匆来到刘公子房内，立刻对他进行一番详细的检查，只见他面色苍白如纸，双目紧闭，四肢僵直，脉细气微，奄奄一息，当即吩咐其家人除去刘公子的衣衫，仔细察看，而后施展银针在相关穴位上扎了几下。

几分钟后，奇迹出现了。只见刘公子脸色渐红，双目微动，四肢回暖，脉和气匀，缓缓从黄泉路上折返。刘百万激动万分，立刻吩咐管家端出三百块银圆，答谢李金祖的救命之恩。

不料，李金祖仅从盘中取了三块银圆放入药箱，对刘百万道："刘大财主，若您真心要报答，那便多为乡亲们做些好事，为他们修座桥铺条路。"说完，他就背起药箱，踏雪归家去了。

李金祖一针定乾坤，救活了刘家公子，顷刻名声大噪，方圆百里都称他为"一针灵"。

据说，后来刘百万果真做了一件善事，在清溪上建造了一座石桥，取名"同善桥"。

坐堂问诊

开辟草药园

　　李金祖在诊病时，时常遭遇个别药品短缺的状况。他遂萌生出栽种一些稀缺药材的念头，以应不时之需。

　　光绪二十六年（1900年），李金祖迎娶了石甲口的何氏为妻。何氏十六岁时便已出落得亭亭玉立，身材高挑，额头饱满，标准的鹅蛋脸上，一双丹凤眼明亮似月，虽是乡间姑娘，但不掩青春靓丽、优雅俊美之气韵。妙手郎中李金祖动了心，他托媒人下了聘礼，将何氏娶回了家中。

　　婚后夫妻生活恬静幸福，相敬如宾。李金祖或于堂中坐诊，或出诊忙于治病救人。何氏在家料理李金祖采回的药材，该炒制的炒制，该研磨的研磨，分门别类，分装待用。何氏虽不识字，但在李金祖的指点下，对各种药材的药名记得很清楚，从未出过差错。何氏性情沉稳，善于观察，从不与人高声言语，与人为善，与人无恶，苦累能受，诸事能忍，恭默守静，厚德恢宏。

　　同年，李金祖在车苏村新屋后山林边开辟出一亩三分土地，种下了黄精、百合、牛膝、芍药、麦冬、续断、连翘、石蒜、金银花、枸杞、艾草、决明子、吴茱萸、藿香、白术、佩兰、王不留行、野菊等多种中草药。到了第二年6月，大儿子李海水出生，自家的草药园亦建成。

李金祖时常深入重峦叠嶂的深山密林之中，采集铁皮石斛、灵芝、七叶一枝花、何首乌、三叶青等。可栽种的皆种于草药园中。民国初年，李金祖在自家草药园内开创性地采用凉棚遮阳、瓦盆栽培等仿野生栽培法种植铁皮石斛和三叶青等名贵中药。当时杭城方回春堂副经理孙炳耀曾参观过这个草药园，对满园的草药称赞不已。

这个草药园，一方面可以解决李金祖用药的不时之需，另一方面也是小儿子李海洪幼时的药学教育基地。

有一次，李海洪随父亲李金祖来到草药园，被从山坡老墙边长出的七叶一枝花惊艳。见到稀罕的七叶一枝花，李海洪手痒难耐，却又不忍采摘。李金祖说道，七叶一枝花是一味清热解毒的中草药，以根茎入药，具有清热解毒、消肿止痛的功效，常用于治疗毒蛇咬伤、疮痈肿毒、扁桃体炎、乳腺炎、跌打损伤、肿瘤等，民间素有"七叶一枝花，百病一把抓""男的治疮疖，女的治奶花（乳痈）"之说。有一则神话故事，讲述了七叶一枝花的药名、功用的由来。很久以前，大山中有一位名叫沈见山的小伙子，父母早逝，又无兄弟姐妹，靠上山砍柴维持生计。一日，在山上，他因小腿被一条毒蛇咬伤，倒地后不省人事。正巧，七仙女和王母娘娘驾祥云至此，便用沾有仙气的罗帕和碧玉簪救治了他。沈见山渐渐苏醒了，只听"嗖"的一阵风响，罗帕和碧玉簪一同落在地上，即刻化作了七张翠叶托着一朵金花的草药。沈见山惊诧不已，再瞧瞧自己的小腿，伤口竟已痊愈。下山后，他将这奇特的经历告知村民，并带村民上山见识了这味草药。村民们认为，这草药带有仙气，每遇蛇虫咬伤，都上山采挖此药，并称之为"七叶一枝花"。

讲完故事，李金祖要求李海洪牢记李时珍在《本草纲目》中记载的一段谚语："七叶一枝花，深山是我家。痈疽如遇者，一似手拈拿。"还要他再温习一下李时珍在《本草纲目》中的描述，印象就更为深刻了："蛇虫之毒，得此治之即休，故有蚤休、螫休诸名。重台、三层，因其叶状也。金线重楼，因其花状也。一茎独上，茎当叶心，叶绿色，似芍药，凡二、三层，每一层七叶。"

童年时李海洪常到草药园，在园里一待便是半天。在草药园里，他懂得了很多医药知识。紫苏祛寒养胃，决明子清肝明目、润肠通便，蒲公英降血脂还能治哺乳期乳腺炎引起的发烧，上火嗓子疼可饮金银花，还有骨碎补，骨头断了敷它最有用……

创建"寿仙谷"药号

李金祖亦医亦农,一边耕读,一边采药行医。忙碌时于田间耕种,闲暇时游走于武川的山水之间,为民众行医治病。故而,在年轻之际便积累了一定的财富。尽管战火频繁,国家贫弱,民众穷苦,但到了清光绪二十年(1894年),即中日甲午战争爆发的那一年,李金祖在车苏村建成了一座包含三间正房、两间厢房还有天井的三合院住屋。房子的墙壁虽以土版筑就,但内部的清水木雕和端头起翘的马头墙,在这小山村中显得格外引人注目。

李金祖耗费一年工夫建好新房后,从杨思岭迁入车苏村。当时他年仅二十五岁。他育有四子二女,除第三子早逝外,培养的子女个个都是村里响当当的人物。

由于人丁兴旺,李金祖在晚年还率领三个儿子建起了一排五间气派的大房子。祖屋落成,自此一家人安居乐业,休养生息,无风雨侵扰之患,更具体面与尊严。

数十年来,在祖屋的庇护下,家族人丁兴旺,枝繁叶茂,且秉承忠厚传家、耕读继世的家风,子孝孙贤、品行端正、勤勉努力、诚信守礼,为乡人所称赞。

清宣统元年（1909年），为了实现父亲李志尚的遗愿，同时为了发扬光大李氏医药，李金祖通过朋友介绍，在县城下街大桥巷与书香世家子弟江李银合伙开设了一家名为"寿仙谷"的药号。药号雇用了一名管账先生和两名店员，药房后有自家的住房。

与李金祖合伙的江家在武义声名远扬。江李银的父亲江芳，与南湖何德润等共创了"吟花诗社"。

李海洪曾对李明焱说："寿仙谷药号开张后，你爷爷不但要收购、炮制、经销药材，还要坐堂开方。"这位被人尊称"李金祖先"的草药郎中，一时变成既懂药又行医的城中名医。李海洪回忆寿仙谷药号的情景时说道："药柜上备有长方形压方木尺，上面抄写着生化汤、四物汤、四君子汤等常用处方，以便病人问病抓药。配方中药的包装、堆放、捆扎极为讲究，每帖药都按味包成小包，注明煎法、服法，然后以帖为单位，把小药包堆叠捆扎成塔形。"

药号为何取名"寿仙谷"？

这与老寿星南极仙翁有关。

在中国，有关"寿仙"的传说众多，且颇具神奇色彩。中国民间神话传说中的老寿星即指南极仙翁，又称南极真君，因其主寿，故而又被称为"寿星"或"老人星"。《史记·封禅书》中言："寿星，盖南极老人星也，见则天下理安，故祠之以祈福寿。"据《史记·天官书》记载，秦始皇统一天下后，于国都咸阳建造寿星祠供奉南极仙翁，以求国家昌盛长久。国人世代传承，长久供奉这位神仙，以求健康长寿。

在武义民间也不例外地对惠恩赐福的寿星传说津津乐道，代代传颂。南极仙翁骑着仙鹤或仙鹿，手持的拐杖上系着一个长生桃，象征着长寿、吉祥，在武义乡村可谓妇孺皆知，他那慈祥的笑容、精神矍铄的模样使每个人都倍感亲切。

据李明焱回忆，他的父亲李海洪曾多次对他提及，寿仙谷是一个健康长寿的符号，对应的是天、地、人：寿，代表人——人人皆有对长生的渴望；仙，代表天——天仙无所不能，长生不老，可以满足人们的各种愿望；谷，代表地——厚德载物，是一个让人健康快乐生活的理想乐园。

有了天、地、人三和，便有了天地之间的阴阳平衡，便有了人类的健康长寿、幸福快乐。正是基于对"天地人大三和"这种理想境界的向往与追求，李金祖将开设的药号命名为"寿仙谷"。

无独有偶，武义县有一个景区名称也叫"寿仙谷"。寿仙谷景区是武义县最早开发的风景旅游区之一，原名为大莱口。该景区地处武义中部，有峰峦连绵、岩险溪急的峡谷，属仙霞岭山脉与括苍山脉的交汇处。谷中重峦叠嶂、气势磅礴、树木苍郁、仙雾缭绕。相传乃寿星南极仙翁当年在凡间炼丹养生之处，也是大唐道士叶法善修真养生之所。

从大莱口往南即进入峡谷，往北则是武义盆地。有诗云："天高重霄九，地美大莱口。山清水又秀，芝斛称魁首。"此地断崖绝壁雄伟险峻，怪峰异石奇特秀丽，石相依，竹相亲，岩泉潺潺，碧竹茵茵，风景如画，宛如仙境，还有落差一百二十米的九天瀑布，蔚为壮观。早先，此地的深山老林和悬崖绝壁上多长铁皮石斛、灵芝等珍稀"仙草"。

大莱口在古代属于长寿乡。20世纪90年代初，武义县委、县政府成立武义风景旅游办公室，决定开发武义旅游业，大莱口在当时被选为重点开发项目。由于大莱口景区崖壁上隐隐约约有一个巨大的天然"寿"字，加之寿星等传说，与浙江寿仙谷医药股份有限公司的企业名称极为有缘，征得浙江寿仙谷医药股份有限公司同意后，景区遂被正式命名为"寿仙谷"。

武义县有关部门一度倾向由浙江寿仙谷医药股份有限公司承担景区开发任务，并与浙江寿仙谷医药股份有限公司进行了一系列洽谈。后来，由于诸多原因，浙江寿仙谷医药股份有限公司并未投入该景区开发，但"寿仙谷"这个名字一直被旅游部门沿用了下来，以至现今仍有许多来客将寿仙谷景区与浙江寿仙谷医药股份有限公司混淆，因找寻寿仙谷厂区而误入寿仙谷景区。

治病交友扬名声

寿仙谷药号开张不久，便迎来了一位特殊的客人。

这天，药号刚刚开门，一位身着长衫的清瘦男子走了进来。此人一踏入屋内，气场强大，李金祖微微一愣，随即为他把脉、查看舌苔。一番诊断后，发现其病情颇为严重。见那瘦子不时紧蹙眉头，李金祖心中担忧对方对自己的医术不满，连忙开具处方，抓取了四服药，双手递到瘦子手中，小心翼翼地说道："通常情况下，中药熬煮两次，将两次熬出的药汁合为一碗，分两次饮用。而此药需熬煮三次，再把三次的药汁合成一碗，分早、中、晚饮下，于饭后两刻钟服用。"

瘦子缓缓掏出两个银圆，淡淡说了句："别找了。"

李金祖赶忙接过银圆，认为病患对自己的医术似乎是认可了，于是放心地长舒一口气，待抬头时，却发现瘦子早已悄然离去。

李金祖正收拾桌上的东西，"医术不错嘛，连城东的乡绅王式邦都来看病了。"原来是对面南货店的荣良。

"王式邦？"李金祖傻眼了，这岂不是关公面前耍大

第二代传人李金祖

刀，太岁头上动土？

这王式邦，原名荣生，字炳耀，又字南屏，号华斋，光绪戊戌年（1898年）岁贡，分省试用按察司经历。王式邦在武义声名赫赫，于儒学浸淫多年，又通晓医药，人们不敢直呼其名，皆称他为南屏先。

南屏先走后，李金祖一直心怀忐忑。

半个月过去了，见毫无动静，李金祖的一颗心方才放下。

这天一大早，李金祖开了门，刚打扫完卫生，王式邦就来了，身后还跟着几人。

"拿进来！"王式邦一声令下，几人抬进来一块牌匾，上面写着"妙手回春"四个大字。李金祖尚未明白怎么回事，王式邦已紧紧握住他的手，诚恳地说："谢谢您为我开的几服药。"

说着将李金祖拉到椅子上。两人促膝长谈，相见恨晚。

王式邦要离开时，李金祖提议再开个方子巩固一下，抓了三服药交给了王式邦。甚至，他连药价都未敢提及。王式邦千恩万谢地走了，好半会儿李金祖才回过神来，发现桌上放着一摞银圆。

门外挤满了人，荣良又挤了进来，拍着李金祖的肩说道："时来运转了，请客哟……"

"我……转运了？"李金祖用手掐了一下大腿，确认是否在做梦。

"你装什么糊涂，那王式邦，不，南屏先得了怪病，跑遍省城几家大药房也不见效，可吃了你的几服药，就基本痊愈了，如今外面像刮起了八级台风，都传疯了……"

过了几日，王式邦领着一位粗脖子的年轻姑娘又来到了寿仙谷药号，来诊时李金祖发现她燥热、出汗、易激动、心悸时作，手抖，口干明显，大便干结。于是第一反应是这位姑娘患的是瘿病，后确诊为瘿瘤。经过四诊后，辨为脾胃虚弱，生化乏源，津亏火旺，虚风内动，选用相应的药材加减治疗，前后治疗三个月左右，停药观察。半年后，病人无明显不适，体征正常。李金祖一一嘱咐应注意的饮食事项，年轻姑娘感激地说道："李金祖先，多亏了您，不然我恐怕要成粗脖子、凸眼妹了。"

李金祖认为，中医治病讲究审证求因，多数中医诊治的慢性疾病，病程漫长，病情缠绵难愈。许多疾病除了遗传因素外，更多的是与不当的生活饮食习惯相关。若不找出与患者病情相关的不良生活饮食习惯，并加以指导纠正，仅是开方治病，那么疗效将大打折扣，甚至出现原本辨证处方正确，却因患者自身原因导致效果不佳，从而变法更方，导致病情越治越重，可叹也！

李金祖治好王式邦和年轻姑娘怪病的事情，一传十，十传百，传遍武义城乡，于是"寿仙谷"声名大噪。王式邦后来也时常光顾"寿仙谷"，与李金祖、江李银喝茶论道。

李金祖热情好客，同时与各文人名士往来密切，如江家，以及城内的廪贡生鹿莘先、蔚卿先，拔贡干臣先、慕召先；南湖拔贡葆仁先，王储春国药店秉金先；东乡秀才张延秀、徐福康；西乡廪贡其昌先，秀才马德斋、刘如松；等等。一段时间后，寿仙谷药号俨然成了新的"吟花馆"。

父子出诊

医治鼓腹病

这天，南屏先、鹿苹先、蔚卿先、干臣先、慕召先以及王储春国药店秉金先等正在寿仙谷药号聚会饮茶时，一个腹痛的病人被抬进店里求医。众人见病人面色萎黄，形容憔悴，腹胀如箕，金祖先、秉金先等已然知晓是虫积腹痛，李金祖遂叫徒弟复诊并开处方。徒弟切过脉，又扪诊了病人的腹部，诊断为"虫积腹痛"，便在处方上写"砒霜三分"以杀虫。

李金祖看过处方说道："若要除根，砒霜宜加倍。"李金祖随手提笔将"三分"改作"一钱"。徒弟见之，疑惑不解，忙问李金祖："砒霜乃剧毒之药，现用一钱，岂不要人性命？"

李金祖笑而不语，秉金先道："为医者不可只知其一，不知其二。"

李金祖看着徒弟说道："当下你仅知晓病人腹中有虫，却不知虫之多寡，虫之大小。如今病患时日已久，虫亦日益长大，三分砒霜，只能将虫击昏，无法击死，待虫苏醒，其病反而加重，再投药亦无用，病人便只能坐以待毙，岂不罪过！唯有使用猛药，将虫击毙，方能永绝后患。"

在场的诸位先生听闻之后，感叹不已。

众人离去后，李金祖亲自指导病人服药，并吩咐店中伙计按住病人手脚，不让其随意翻动。

至夜半时分，病人一阵腹痛，肚子里咕噜噜作响，随之排出数十条又长又粗的虫来，而后又连排两次。李金祖嘱咐病人先喝稀粥，以调养脾胃。

数日后病人痊愈而归。

众位德高望重的先生亲眼看见李金祖用药，亲耳听闻他的医理阐释，对其医术之高超，用药之有胆略皆心服口服。

李金祖于医学之道，始终坚持辨证施治。

他常言，同一味药，治病需究其根本，对症下药，方能药到病除。就如同治疗感冒，有因受寒凉所致之感冒，有因受热扑风引发之感冒，虽是感冒，起因不同，治疗所用药物定然不能相同。况且同一味中药，有的需用七钱方能见效，而有的仅需一二钱即可，世间多有庸医，只晓得生搬硬套古籍药方之剂量，却不知灵活变通，以至于难以达到良好的治疗效果。

医治消渴病

相传李金祖在十四岁时就为人切脉看病，他的处方用药，向来打破常规，别具一格，二十多岁时便誉满八婺，被人称为"神医"。

这天，前来诊病的人特别多，李金祖操劳一日，已略感疲倦。傍晚时分，他送走最后一位病人后，伸了伸懒腰，打算放松一番，可此时又来了一位书生模样之人，自称是丽水的叶时。李金祖一见，不禁大吃一惊，因为就是这位叶时，半年前赴杭州应试时途经武义，因身患"消渴病"，曾由李金祖诊治。此事已过去半年有余，岂料叶时非但未死，反而容光焕发、面色红润、神清气爽，哪有曾患严重消渴病的模样？

有种说法，消渴病是当下所称的"糖尿病"，通常难以治愈。叶时在家时便患病，曾请当地名医诊治，均束手无策，只建议居家静养。然而，叶时执意赴杭应试。一日，叶时从丽水赶赴杭州，途中在武义宿于大桥巷的一家旅店，看到寿仙谷药号，便走了进去。李金祖见病人面容憔悴、形销骨立，且一瓢又一瓢不停地喝水，仍觉口渴难耐，便知叶时患了严重的消渴病。李金祖劝叶时在武义住下，慢慢治病。叶时怀着一线求生的希望，就在大桥巷旅店住了下来。李金祖派一名小伙计天天侍候他。小伙计每日用一味草药煎成浓汁，一日三次按时让叶时服用。连续服用了半个月，叶时的病情竟有很大的起色。但叶时一直挂念考试，未等痊愈便执意要走。好心的李金祖为他配了大量中药，要他在路上按时按量服用。自此二人再无联系。

此时叶时一见李金祖，连忙拜倒在地，磕头道谢："谢谢先生！谢谢先生救命之恩！"李金祖赶忙扶起叶时说道："公子快快请起！快快请起！"叶时起身再拜道："先生真是'天医星'下凡，您的大恩大德，我没齿难忘！"李金祖说："人都靠五谷滋养，哪有不得病的？为人治病，是我的职责所在，不足挂齿。"话虽如此，可李金祖脸上的笑意却难以掩饰。

李金祖边说边让座上茶，与叶时长谈，想不到二人竟志趣相投，从此李金祖与叶时结下了深厚的情谊。

茯苓钻

打破常规重用附子

李金祖开药店，碰到很多患者，其情状着实令人怜悯，患者非到危及生命不会上门求医。若将其拒之门外，实在于心不忍，可应承下来又恐力有不逮，如此情势逼得他只能急用现学，白天诊病，夜晚翻书查阅资料，时常被一个个疑难问题弄得焦头烂额。

县城花园殿巷有一位心衰濒临死亡之境的老年女性患者，她的儿媳妇一面悲戚地为老人筹备寿衣寿材等身后事，一面又来找李金祖再试试。

李金祖一看患者昏迷厥冷，脉也是摸不到了，便开具出急救的药方，并告知家属若患者能苏醒再找他。他估计服完三剂药的三日后，患者就会苏醒。本身就不识字的儿媳妇，在悲痛与慌乱中，将三剂药一起煎煮，半天内给婆婆灌服下去。三个小时后，老人居然苏醒过来了，甚至还能够坐起来。李金祖见患者家人当日就来致谢而非三日后，颇感意外，问明缘由后惊觉，方中的附子已用到二两七钱，这对他震动极大。

他认为以往《伤寒论》方救治心衰不显效可能是剂量

第二代传人李金祖

085

的问题，古代临床医家著作中的剂量向来是不传之秘。晋代的王叔和、明代的李时珍离汉代比后世更近，他们很权威，所以建议的药方剂量（古之一两，今用一钱）大家都接受了。但是现在看来，剂量怎么用，没有定论。李金祖认为，患者全身衰竭、生死攸关之际，若不以雷霆万钧之力斩关夺门、破阴回阳，决然不足以挽回垂危之生命。此后，李金祖开始有意识地加大附子用量，并注重用甘草相佐来牵制其毒性，常有"奇效"。

为了安全起见，此后李金祖每次救治都亲自熬药，亲自喂药，亲自守护半天，直到患者脱离危险方才离开。李金祖主张"肾气与中气"乃人生命之根本，生死关头，救阳为急。

中医素有"药不瞑眩，厥疾弗瘳"的说法，所以，当时李金祖在开药方的同时，还亲自尝附子，自小剂量起始逐渐增加，还曾昏过去。李金祖曾开玩笑说，我不是神农，只尝过附子等几味药而已。

李金祖的药店合伙人江李银说，医生习惯根据脉象推断死亡的时辰，所以很多医生听闻病情后掉头就走，但这时只要叫上李金祖，他必赶往救治不犹豫。李金祖的性格就是这样的。

李金祖也常对人说道："有朋友言我用药大胆，是'二百五''一根筋'。我也开玩笑地说，豁出去了。其实我心中当然有数，所经手的病例又不是一例两例了。"

那李金祖是否担忧万一失手惹上麻烦，卷入官司呢？在"医生治好99个不算有功，治坏1个便毁一世英名"的严苛观念下，李金祖真的不担心吗？李金祖说，他们本来就是濒临死亡的重症患者，也仅有一线希望，病患亲属也能谅解，大多数人还是非常淳朴的。

中医用药大致有两种风格：一类用药温和平稳，一类敢于创新，用药峻猛而能出奇制胜。孰优孰劣，很难定论。但深刻体会"起死回生"治疗经历的李金祖始终持有悲天悯人的情怀。

曝晒药材

神奇的药引子

　　李金祖看病抓药颇为讲究用药的引子。诸多食材皆可作引。李金祖说，药谁都会用，关键是能否将药的功能效力引到病灶之上。用好药引子，一服药便能祛除疾病；用不好药引子，花再多钱也是白搭。"

　　金华有位姓万的富商，走南闯北生意做得很大，为金华数一数二的大富人家。富商家有一独子，年方二十便患了痼疾，食不下咽，排便困难，脸如黄纸，腹胀如锅。万老爷携公子遍访省城名医，银钱花费不少，公子的病却不见好转，万老爷为此唉声叹气。

　　万家的一个长工向万老爷描述了武义寿仙谷药号李金祖的神奇医术，万老爷虽不信山沟里走出的土医生之能耐能胜过省城京城的名医，但事到如今，也只能"死马当作活马医"，于是万老爷差家人套了马车将万公子送至武义城东大桥巷寿仙谷药号。

　　万家众人手忙脚乱地将万公子抬入屋内，李金祖只望了一眼万公子，鼻头往上抬了抬，便开出一个药方，递给家人煎熬，并叮嘱煎好的药倒入一个瓦罐内。李金祖还对万家人说："病人能否撑过今日非常关键。此去城东五里有一个叫生水塘的地方，有一片瓜田，让病人服下此药一个时辰内吃下两个十斤左右的西瓜，若有转机再来复诊。"李金祖说罢起身送客，分文不取。

万家人将信将疑，告辞东行，果然见有一片瓜田，便买下两个西瓜，并催万公子喝药。万公子横下心来，便端起瓦罐将汤药喝下，然后狼吞虎咽地吃起西瓜来。第二个瓜刚吃了一半，便禁不住呕吐腹泻，一时之间，恶臭熏天，连看瓜田的黑狗都被熏得乱吠而逃。万公子一通排泄，力竭倒在地头，气若游丝。

万家人赶紧将万公子抬回寿仙谷药号。李金祖早已煎好第二服药等候，药汤灌下，万公子昏睡了一天，次日晌午醒来，直呼肚子饿，接连喝下两碗热粥后，万公子就站起身来，如好人一般，众人啧啧称奇。万公子倒身跪拜，言称救命大恩日后定将重报，并奉上五百大洋。李金祖连番推辞，最后只收下十块大洋，还取出一半给了瓜田的主人作为赔偿。

茯苓刀

名方中添石榴皮

　　石榴皮是一味常用的中药，又名石榴壳、西榴皮，具有涩肠止泻的独特功效。

　　据传，武义县城王储春药店有位坐堂医生医术高超，很多学医者都拜在他的门下，李金祖非常崇拜这位坐堂医生，常常跟随他学习医药。有一年夏天，这位坐堂医生的一位书友肚腹疼痛，久泻不止。坐堂医生为其诊脉后开具了一帖中药，服药后未见好转。复诊后又开了三帖，服药后依旧无法止泻。坐堂医生没遇到这么棘手的病例，一时也无对策。这位书友无奈，转到寿仙谷药号向李金祖求医。李金祖接过这位坐堂医生的处方仔细审视，又观患者舌象、切脉象，详细询问病情，沉思许久，而后对患者说道："先生的遣方用药毫无差错，晚辈认为若要止泻泄，可添加石榴皮三钱，不妨一试。"这位书友依处方抓药三帖，服后腹泻戛然而止，不日痊愈。

　　一天，这位书友又去拜望王储春药店的那位坐堂医生。坐堂医生见他面色红润，精神甚佳，全然不见病态，忍不住询问他服了什么药好得这么快。书友掏出处方，说道：

"是李金祖先在您的方中加了一味药。"坐堂医生看罢处方似有所悟，叹道："这味石榴皮添得好，真是后生可畏呀！"

可见，石榴皮确有涩肠止泻的不寻常功效。

坐堂诊脉

治疗寒症巧用乌梅汤

相传，寿仙谷药号的李金祖前往北乡履坦诊病，途经北岭洞，翻过纺车岭时，遇一穿长袍的老人倒伏在大树旁，声称头痛，直窜头顶，久痛不止，鼻头冰冷，多方求医均未见效。

李金祖经过望、闻、问、切，得知老人于子丑之交患病，又见老人年事颇高，血气衰竭，且常腹泻，伤阴损阳，断定阴阳失调即为病根。

追究病因，李金祖认为头顶乃阴阳交汇之处，由督脉所主；眉心眉头一线，为任脉所经，病发于子丑之交，头痛剧烈。李金祖认为，老人所患之病为"寒厥头痛"，症状表现为头痛时脑冷、畏寒、面容惨淡且忧郁，面色青晦，伴有呕吐清涎，四肢不温，脉象沉弦紧，是肝经寒气所致的头痛病症。

病因确定之后，李金祖便开药方，所用药材中含有乌梅。李金祖派人将老人送回，叮嘱其照方配药，煎成浓汁服用，一日一剂。数日后，李金祖重访老人，其病已然痊愈。老人设宴款待，并以重金酬谢，李金祖却婉拒并悄然离去。

遍采医方

古代武义出过四位御医，分别是唐代五皇御医、谥封"帝师"的叶法善，明代御医韩叔旸、扬云、扬煜。还有鲍进、鲍叔鼎父子等许多名医。这些御医、名医为武义留下了丰富的文化遗产，如有许多遗方流传于民间。李金祖从车苏村来到武义县城，不但眼界开阔了，而且深刻意识到自己的学识不足，资历尚浅。在卖药、坐诊的闲暇之余，他常常到武义城乡探访御医、名医的后人，搜集遗留的医方。

在城西仙岩门里，他在扬氏后人那里，得到了治疗中风、半身不遂的医方，名为"小续命汤"；在北隅的朝德坊，搜集到了鲍进、鲍叔鼎父子传下来的治疗伤寒、伤风等流行病的药方，针对不同病症的方剂多达数十种；在西乡靖山村，搜集到了治疗恶疾、遍身生疮的方剂。李金祖还前往宣平白马山、龟山、牛头山等地探寻叶法善的遗迹，挖掘整理叶法善的长寿养生遗方。

他经常拜访县城的王储春药店、同吉谦药店，还有履坦的童义丰、东皋的仁和堂、王船头的夏德裕以及柳城的仁德品等中药店。在履坦的童义丰，李金祖得到三个治疗湿热病的方子。

我国古代中医一般只传本家，不传外人，要么只传男不传女，即中医往往通过家族以及师徒之间进行秘密传承。

清朝末年至民国初年，西方思想不断涌入中国，年长李金祖两岁的王储春药店老板王秉金的思想发生了变化。他对怀有对医道的热爱、执着以及探索之心的李金祖刮目相看，尤其是李金祖在医学上的钻研和实践，深得他的赞许。王秉金对李金祖说："我看你悟性很好，加上家学渊源深厚，是光大国医国药的希望。我无门户之见，亦无私藏之心，你若不嫌弃我愚钝，愿一起共同学习。"李金祖大喜过望，立即要跪下拜秉金先为师，王秉金拉住李金祖的手，说道："我们相互切磋，相互学习。"

此后，李金祖时常登门求教，秉金先皆诚恳耐心，有问必答，有时还依据具体情况深入指导。

在秉金先的鼓励与指导下，李金祖研制出多种养生配方。

李金祖如饥似渴地搜集武义古代医家遗方，并对这些遗方加以研究改造，进行临床验证，形成有效验方。这些验方不但为他自己积累了丰富的中医临床经验，还为他造就了良好的口碑。李金祖最擅于治疗疑难杂症，由于他医术高超，很快便享誉城乡。

在当时，骨结核病、风湿病皆是极难医治的病症，多数医生在治疗此类疾病时都铩羽而归，李金祖却常常能够做到"药到病除"。

有一次，李金祖接诊了一位罹患骨结核的妇人，这位年轻的母亲身上的皮肤到处溃烂，身体骨瘦如柴，已被诊断为绝症，抱着"死马当作活马医"的心态找到了李金祖，经李金祖内外兼治后，竟然奇迹般地痊愈了。

李金祖还有一例有名的病例，就是他用了三十剂药，让一个卧床四年、生活无法自理的病人重新下地活动，后来经过一段时间用药治疗与锻炼后，竟然与常人无异，能够爬山、挑担。

大篾烘笼

创新祖传药材炮制技艺

李金祖从小跟随父亲李志尚学习中医中草药炮制方法，不仅学会了普通的洗润、切制、炒炙、蒸煮等炮制之法，就连膏、丹、丸、散亦能独立完成制作。

"炮制"亦称为"炮炙""修治"，特指中药的制药流程，其目的在于增强药效、调节药性、排毒减毒，便于收藏。李氏几代人积累的中草药炮制技艺，采用的主要方式就有选、浸、泡、漂、淘、润、飞、晒、切、锉、研、烘、炮、煅、煨、炒、炙、蒸、煮、藏等二十多种。

据李海洪回忆，他随父亲李金祖到县城读书，每逢放学时间或者寒暑假，一有闲暇便会到药店玩耍，帮忙晒药、收药、添加柴火之类的工作。也会偷偷地舂几下石臼子、胡乱晃一下水泛丸药匾，每当石臼子咣当咣当响起，他往往会被父亲骂跑。切药刀是碰不得的，否则他会被狠狠责骂，甚至被打屁股，当然父亲李金祖和师傅们通常会将刀具锁起来。那几年，耳濡目染，他也知晓了一些洗、润、切、蒸、煮、干燥的基本方法。

后来年龄大了一些，每逢周日，李金祖便带着李海洪到山上、田间采集一些药店常用的草药，洗干净，切制好，干燥后存放到药店里备用。李金祖告诉儿子，本草佳木，生长于大自然之中，在成为真正的中药之前，它们只能称作草，从本草到中药，还需经历一个升华的过程，那便是——炮制。这是一个人工介入的过程，它包括清洗、晾晒、炒制、烘焙等环节。这些大自然的馈赠，历经人类智慧的洗礼，毒性得以降低，药效得以提升，从而能更好地为人类服务。

李金祖给儿子讲解了许多草药的炮制知识以及用途功效。简言之，将药物进行炒、炙、煅、煨的加热处理，使之干燥易于粉碎，并能降低毒性，增强药效，同时有缓和药性，改变药物性能及矫正味道的作用。

陈皮，讲究的便是"陈"，俗话说得好：百年陈皮胜黄金！从吃橘子剥下的皮到可入药的陈皮，还需要陈化处理和时间的淬炼。

有一次，家中来了许多亲朋，大家吃橘子后留下了很多的橘皮。看到这品相甚佳的橘皮，李海洪一时兴起，用线将它们穿起，挂到屋檐下。他心想，凌空悬挂，阴干晾燥，不就成了可供入药的陈皮了吗？可没过几日，橘皮霉变了，只能丢弃。原来江南环境，空气湿润，而橘皮多水分，加之叠放紧密，在高湿环境中水分无法迅速蒸发，霉菌侵入，致使霉变。李金祖向儿子演示了炮制陈皮的秘法，用此方法加工而成的橘皮，能够长年珍藏，且芳香浓郁，品质上乘，达到上佳的药效。

到了高小毕业，李海洪实际上成了药店的学徒，开始接受父亲李金祖的一些炮制技法的言传身教，切药、碾药自不必说，还学习了蒸煮、炒制、散剂、蜜丸以及水泛丸等制作。在药店，一般临床所用的炮制品种皆亲自炮制。

传承数代的制药祖训，早已融入李金祖的血脉之中。一服中药炮制得好坏，关乎生死、人命，故而做好人、做好药，这最简单的道理，也是最深刻的使命，值得用一辈子的生命去诠释。"炮制虽繁必不可减人工，品味虽贵必不可省物力。"李金祖始终坚守着最传统的中药炮制技艺。他说，炮制中药如同做人，凭良心做事，采办务求真材，修制务必精细，选取上品则不惜工本。

"九蒸九晒"是中药炮制的一种传统方式，一蒸一晒，这蒸和晒皆要历经九次，方可最终将中药炮制完成，其中火候最难把控，只因唯有火候恰当，药效方能达标。李海洪跟随父亲不断学习，渐渐摸到了中药炮制的门道。炮制工艺最为讲究秉承药材地道，加工的工艺流程达四十余种。浸润要求药透水尽，身软皮抻；切制片型有十四种，刀法要求达成白芍飞上天、木通不见边、陈皮一条线、半夏鱼鳞片、肉桂薄肚片、黄柏骨牌片、甘草柳叶片、桂枝瓜子片、枳壳凤眼片、川芎蝴蝶双飞片等标准要求。李海洪越是钻研越是痴迷，也从"九蒸九晒炮制技艺"中领会到了父亲的坚持。"父亲的坚持实则是一场自我修行，在蒸晒中望着腾腾升起的烟雾，最能体悟中药的魅力所在。"

李海洪说，其父李金祖在炮制时既遵循古法，又不断进行改良创新。

到1945年抗战胜利，寿仙谷药号重新开业时，李金祖将"掌门人"之位交予四子李海洪，正式宣告退休。

坐堂诊断

良方教幼子

李氏家族医术精湛，救人无数，且心怀仁德，收费低廉，深受患者及其亲友的尊崇与喜爱，在武义、缙云、永康等一带声名远扬。

李氏医术传承至李金祖这一代，已历数世。李金祖自幼天资聪颖，经史子集，过目成诵。家传医学，火候颇深。李金祖研习古方，却不墨守成规，他辨证施药，善于总结经验，推陈出新。在县城开设寿仙谷药号后，医术更是炉火纯青。

李金祖广交同行友人，虚心向他们求教，学习他们的长处，弥补自身的不足。李金祖亲自采集中草药，制作的丸、丹、膏、散、汤诸药，效果都很好。

李氏治疗骨髓炎这一病症，以自家调配的草药，煎炒至熟，让患者趁热，就着一小杯白酒或黄酒服下，以促使药性发散。附近县市的骨髓炎患者，纷纷慕名而来，几服药下肚，不打针不开刀，竟药到病除，患者无不感恩戴德。

早年，嘉兴有一名患者，因患骨髓炎，痛不欲生，夜难成寐。在绍兴等地求医无果，又至省城开刀治疗，人被折腾得疲惫至极，却未痊愈。偶然的机会，听闻武义寿仙谷的李金祖，遂不远数百里前来求诊。其家人初见李金祖相貌清瘦，貌不惊人，半信半疑。谁知，服下李金祖开的第一服药，患者当晚便酣然入睡。如此坚持服用三十服药后，病痛消除，患者重获"新生"，行动自如，一时感动不已，执意要与李金祖结拜为兄弟。

李金祖有一位同行好友李芳先生，讳名春圃，也是一位声名显赫的老中医。他与李金祖一样，低调务实，治人无数。李芳先生曾对李金祖说："李兄家中子女众多，不知老兄这一身医术，欲传给何人？"

李金祖淡淡一笑说道："不瞒吾兄，我大儿子和二儿子对学医这方面没有兴趣，人各有志，我也不想勉强他们。看来只能寄希望在我那年幼的四子海洪身上了。"

李金祖在五十六岁才得幼子李海洪，他年过花甲时，李海洪不过五岁。彼时海洪虽博闻强识，但毕竟年岁太小。

李芳先生劝慰道："你的幼子海洪，我观其悟性很好，俗话说'有志不在年高，无志空活百岁'，只要将你毕生所学传授于他，他日必定青出于蓝而胜于蓝。"

李金祖大喜过望，让幼子海洪跟随自己，潜心钻研。

一日，父子二人外出挖草药。当时正值初夏，旷野平畴，一片葱绿，荒坡上，芳草茵茵，池塘里，碧水含情。

许多春夏之交的草药生长旺盛，夏枯草、车前草、半枝莲等随处可见。挖到中途，父子二人坐在田埂上小憩。

突然，一条乌梢蛇从附近田地里蹿出，游动极为迅速。李海洪愣神之际，李金祖将手中烟杆一扔，朝着乌梢蛇追去。李金祖的动作非常迅速，一点儿也不像六十多岁的老人。李海洪还未回过神来，李金祖已掐着乌梢蛇的七寸走了回来。

李金祖笑道："今日收获不小，海洪，你可知道乌梢蛇有何功用？"

李海洪略一思忖，笑道："父亲，乌梢蛇可治疗风湿性关节炎，还有痛风。"

李金祖点点头笑问："如何下药？"

李海洪知道父亲在考自己，便流利地把方法说了出来。

李金祖点点头说道："不错！"

李金祖从药篓里拿出一棵新鲜的车前子，笑眯眯地看着李海洪，道："海洪，别看车前子寻常普通，但它的作用很大，清除体内浊气，治疗湿热所致的腹泻，效果都很好。"

李海洪认真地聆听，眼中充满了崇拜的神色。李金祖淡淡地补充道："中医领域高手如云，藏龙卧虎，中草药方剂也是历经数代人的探索与研究。作为一名中医，首先要熟知各种药材的药性，会制药配药，掌握其配伍，懂得相生相克之道，善于总结临床经验，不断地发现别人尚未熟知的知识，所以说，有人认为中医越老经验越丰富，也是有一定道理的。好好学，好好总结，对你治病救人会有莫大帮助。"

李海洪点点头说道："父亲，您说得非常对，我一定好好学习。"

李金祖欣慰地笑了："海洪啊，你的悟性非常好，咱们给人看病，一定要懂得过去记载的药方，药量并非书本上所写那般刻板，而应根据具体情况斟酌运用。切记剂量一定要控制好，不可盲目乱来。"

李海洪默默地记在心里，对学习中医的信心越发坚定，在父亲的指导下，他认真学习，不久就成了远近闻名的名医，二十几岁便接过父亲的重任，执掌寿仙谷药号。

铜春钵

献药抗瘟疫

李金祖幼年时便追随父亲李志尚学习，自总角之时便背诵药名，从汤决起步。而后开始抄方抓药，依循传统的师从方式研习中医。弱冠之年承继家学看病开方，而立之年便声名远扬，扶老携幼前来就医之人络绎不绝。

中华人民共和国成立初期，武义一带瘟疫肆虐，彼时医疗条件较差，百姓得不到医治，举家惨亡者屡见不鲜。政府征集民间验方以遏制灾疫，李金祖当时还在县城经营寿仙谷药号，献出药方，并亲自奔赴抗击瘟疫的第一线。半年时光，疫情得以控制，时任武义县县长亲自授予李金祖爱国卫生模范的称号。那个历经六十余载的泛黄证书，家里依旧珍藏着。

李金祖擅长诊治疑难杂症。试举几则陈年旧事，以忆往昔杏林琐事。

当年桐琴有一名女子产后大出血，其家人前来接李金祖前去诊治，说病人已气息奄奄，面如金纸，出血量极大，命悬一线。李金祖即刻备药，并对病人家属说，只要药汤能灌入体内便有希望。

李金祖抵达患者家，该女子面色如死灰，呼之不应，即刻火速煎药，另取出金针，在止血和急救的穴位上扎入数支，待药汤煎好后，急令灌下。一刻钟后该女子缓缓睁开双眼，李金祖吩咐其家人将其余汤药持续不断地缓缓喂入。七日后，该女子家人前来道谢，感谢李金祖于鬼门关前救回母子性命。

李金祖诊病通常不问患者病情，通过诊脉、观舌、看面、闻声即可逐一说出患者症状，听闻者无不称奇赞叹。李金祖常对儿子李海洪讲，上工治病，望而知之。患者有，五官的颜色、状态、舌苔、五音、步履形态皆可体现。诊脉就是验证所观之症是否在五脏六腑的某一部位。另可察气血虚实，阴阳寒热，八纲辨证，病机审察便在其中。

李海洪成年后，慢慢领会了其中道理，深以为然。史书记载扁鹊见蔡桓公，先后数次道出其疾在腠理、疾在肌肤、疾在肠胃。依病情程度，由热敷可治，到针灸可治，汤药可治，而到了最后疾在骨髓，即便司命的神灵也无可奈何。

这些诊治疾病时观察到的现象，医者都明白这便是一般疾病传导的先后次序。大医精诚，观外而知内，察一机而知其余，所谓神机可辨也。

第三代传人李海洪

李海洪（1924—2013）是李金祖的幼子，是武义寿仙谷中药炮制技艺的第三代传承人。

李海洪自幼随父亲来到县城，居于寿仙谷药号，于县城接受正规的学堂教育。

在父亲的熏陶之下，年幼的李海洪早早地痴迷于中医，当别的孩子都在外面玩耍时，他却坐在家中津津有味地研读厚厚的医书，废寝忘食，心无旁骛。闲暇时刻，他就随父亲上山采药，看父亲坐堂问诊，日积月累，医术小成。

高小毕业时，李海洪已能背诵《汤头歌诀》，也认识了许多中草药。从小就受到父亲的耳濡目染，加上扎实的文化功底和自身的实践积累，李海洪的医术无疑是青出于蓝而胜于蓝。他年纪轻轻就熟记药名、药效与配伍，有空时还关注父亲如何炮制药物和卖药，甚至敢于为病人坐诊。

1945年，二十二岁的李海洪正式接过父亲李金祖寿仙谷药号"掌门"之位，在大桥巷重新开业。在恢复经营的同时，他又把采集的铁皮石斛和灵芝加工成铁皮枫斗、灵芝丹等中药，供应给省城的几家大药号。

李海洪行医七十年，临床经验丰富，屡起沉疴。他擅长治疗高烧不退和被毒蛇咬伤，还擅于用中草药治疗高血压、风湿病、肿瘤、肝病、肺病等一些疑难杂症。

乡邻听闻先生之名而登门求诊者，纷至沓来，络绎不绝。

（一）

学医问药

李海洪深受父亲的言传身教，自幼便立志从医。在寿仙谷药号，他目睹父亲为患者诊治，一个个患者满脸痛苦而来，病愈后又一个个满面笑容而去。这一切，李海洪皆看在眼里，记在心中，认为当医生就是"菩萨事业"，意义非凡。于是，他将自己欲从医的想法告知父亲。父亲见他言辞恳切，人又机灵，便满口答应。

1938年，十五岁的李海洪成为药店的学徒。成为学徒的李海洪，从洗药、晒药、捣药、煨药、把脉、诊断等环节，皆一一亲手尝试，从不疏漏。数年过去，他的笔记有三十余万字，对不同药物的特点、产地、疗效、配方等分类明晰，一目了然。

民国三十一年（1942年），日寇侵犯武义。5月13日，日本飞机疯狂轰炸县城，城内十七家药店中泰山堂、三益堂、王裕春、太和春、明德堂五家药店被炸毁。县城多数中药店被迫关闭，或迁至农村山村。同年5月，寿仙谷药号为避乱而歇业，李海洪与父亲回到车苏村。当时，众多病患者有病难寻医，有医难用药。

第二年，一位风湿关节炎患者寻至车苏村李家。李金祖一番查看后，想到在当时那样的情势下，要配齐所有的药非常困难，所以李金祖也无可奈何。看着患者沮丧的眼神与疼痛难忍的样子，李海洪心里很不是滋味。

事后，李金祖告诉儿子："治愈类风湿关节炎是我一生之愿，可这种病症治标不能治本，难断其根，我实无他法。"说罢，摇头叹息，满脸愧疚。听了父亲这番话，李海洪当时心中陡然生出一个强烈的念头：我一定要战胜它！

因认识到了自己在医技上的"差距"，1943年，李海洪前往沈店、佐溪、郭洞、管宅、乌门、岭下汤、上四保等开设于山区农村的药店拜师求教，先后师从王子如、何子珩等中医名家。同时，李海洪又马不停蹄地赶赴山区采药。每到一处，他都与当地百姓打成一片，为他们看病，并认真向当地的中草药医生讨教。在两年多的时间里，李海洪的足迹遍布武义的山山水水，在一百多座险峻山峰中挖掘、采集中草药近千种。

1944年初春的一日，他在大妃岭采集一种可配制治疗风湿关节炎方子所需的草药，为验证其效用，他在一村民家中煨制服用尝试，岂料药一入口，便全身发麻，心跳加速，呼吸困难，顷刻间不省人事，多亏当地热心群众将他及时送医抢救，才保全性命。与死神擦肩而过的李海洪，此后继续精心熬制，终获成功。

蕲蛇具有祛风活络、定惊、止痉等功效，主要用于治疗风湿痹痛、半身不遂、破伤风、急慢惊风等。李海洪研究它，开始只在蛇贩子那里观察。后来他请教了一位捕蛇人，那人告知他，蕲蛇牙尖有剧毒，人若被咬伤，须立即截肢，否则就会中毒身亡。蕲蛇治疗风湿诸病有奇效，因而极为珍贵。

李海洪追根溯源，要观察蕲蛇，于是请捕蛇人带他前往梅岗头、八百等村附近的石窗下、大水上等高山。那里有个岩洞，洞周围怪石嶙峋，灌木丛生。缠绕在灌木上的石南藤，随处可见。蕲蛇喜食石南藤的花叶，故而栖息于此。李海洪将危险置之度外，四处寻觅。在捕蛇人的协助下，终于亲眼见到蕲蛇，并目睹了捕蛇、制蛇的全过程。

1946年，金华病患张友琴，关节晨僵、发热、红肿、疼痛达十二年。患者十二年前因不明原因出现指（趾）关节晨僵，初时仅几分钟，后持续两小时以上，多方求医均无效果。她抱着试一试的心态来到寿仙谷药号求诊。李海洪为其医治三十八天后，发热、红肿消失，疼痛减轻，诸关节活动自如。坚持不断服用草药十个月，晨僵彻底缓解，关节畸形消失，痊愈停药。

自此以后，一个个患者在李海洪的诊治下奇迹般地好转，他为自己能为患者消除痛苦而感到心安。

寿仙谷药号关门歇业，1956年，当不成专职中医师与药店老板的李海洪回乡务农。但他济世救人的医者仁心未曾改变，在生产劳动的闲暇之余，成了一名乡村郎中，继续为乡民行医诊治。

李海洪是一个非常能干的人，除了懂医药能看病，播种收割、耕田耙地等农活样样都拿得下，同时通晓堪舆卜算，知晓农时节令，还擅长武术格斗。因而，李海洪在附近乡村享有颇高的威望。在农村，最难处理的工作是看田水，生产队之间、村与村之间争夺田水的现象时有发生，有的时候矛盾难以调和甚至会引发械斗事件。

车苏村原有九个生产队，后来合并为四个；此外，车苏村是山村，许多插花田交错于其他平畈村的田畈之中，如郑宅垄、应畈垄等就在十里之外的泉溪附近，故而情况更为复杂。

多年来，李海洪承担起了这项农村最难的看田水工作，他不仅凭借威望与勤奋调配好了水资源，而且成了村里的植保观察员和指挥员。这块地何时耕种、何时播种由他安排，那块田何时需要施肥、除虫皆听他指挥。他常年在山垄、田畈奔走，山沟溪涧、田边地角生长着什么草药，他心中一清二楚。乡亲们若有头疼脑热，他东掘一点树根、西掐一束草叶便能将病治愈。乡亲们对他心怀感激，只要他开口，都会给他留一份情面，这反过来又会为他的工作带来便利，看田水的工作与他的行医治病相辅相成，因此这项村里最难的工作在他手中也就不难了。平时，在生产队劳动中，队长喊一声"歇力"（武义话"歇力"，意为劳动中"歇会儿"），所有人便会放下手中的活计，找个地方坐下来喝口水，开始谈天说地聊闲话。但李海洪从来不"歇力"，而是趁机在田头地脚转悠，看有没有中草药可采。

李海洪育有五子四女共九个孩子，维持一家十几口人的生活，全然依靠他夫妇俩的勤恳劳作。他常挂在嘴边的一句话是，做人做人，就是要靠"做"！

春播、夏管、秋收、冬藏这些农活需要"做"，采药、医病这些工作也要"做"。只有"做"，方能吃饱饭，才能穿暖衣，才不会穷困潦倒……

白天在生产队"做"，清晨傍晚在自留地"做"，晚上在家里"做草鞋"等。李海洪还带领全家在山脚路边到处垦荒，多种马铃薯、番薯。收获块根给人充饥，茎叶则是猪等牲畜在百草凋零季节的储备粮。李明焱不会忘记父母每年带领他们兄弟姐妹在杨思岭后面的马山坞开荒种粮的情境。

马山坞属佐溪村，是李明焱的外婆家，整个山坞仅有两户人家。此地山深地僻，有着大量的荒地可供开垦，种植番薯、玉米、大豆等粮食作物。

当然，垦作的时间选在早晨生产队出工之前，傍晚生产队收工之后。往往是早晨天未亮就出发，天亮后赶回生产队劳作；傍晚生产队收工后出发，晚上回家的路上要点上火把了。李海洪行医治病并非为了盈利，但在推脱不掉病人或其亲属的热忱之时，也会收取一点土产，或象征性地收取一点医药费。他常上山采集中草药，将采集到的中草药分为两份，一份卖给公社里的收购站，赚钱补贴家用；另一份留在家中为乡亲治病疗伤。

李家的女主人邹梅珍"做"得比丈夫还辛苦：身兼生产队的女社员、一日三餐的厨师、缝补浆洗的母亲等"职"。除此之外，一年到头还要饲养八九头肉猪和一头母猪、几十头小猪，简直如同开办了一个家庭养猪场。为解决猪饲料，李家开了豆腐坊做豆腐。邹梅珍每晚只能睡两三个小时。劳碌一天，等孩子们睡着后，她还得洗衣、补衣、纳鞋底，忙至深夜；第二天凌晨三点，又要起身磨豆腐。

因此，李家的日子，在全村农户中，至少处于中上水平，九个孩子不分男女，个个都能上学读书，而且，是全村同龄孩子中"学历"最高的。

同时，为了五个儿子能够娶上媳妇，夫妇俩还率领子女建造了两幢共八大间气派的新屋，令村里人羡慕不已。

历经几代寻药行医，加上自身的践行积累，李海洪的医术更精进了。不但邻近的七村八寨有人找他看病，就连邻县永康、缙云等地也有人慕名前来求医求药。李海洪擅长治疗小儿高烧不退和被毒蛇咬伤，还能用中草药治疗高血压、风湿病、肿瘤、肝病、肺病等一些疑难杂症。时日一久，慕名前来求医者络绎不绝，李海洪也因此被称为"海洪先"。

20世纪50年代的车苏村，老百姓生活极为艰苦，卫生医疗条件落后。刚回村里时，李海洪面对这样困难的现状，下定决心发挥自己的医药特长，哪怕条件再恶劣、困难再多，也要想方设法为乡亲们解除病痛。

乡亲们文化水平不高，更缺乏健康意识，患者数量众多，病情也往往很复杂。李海洪便挑灯夜读医学典籍，搜集民间验方。他不畏严寒酷暑，奔波在崎岖不平的山岭小路，一边热心为乡亲们看病，一边积极参与农业生产。

有一年春天，村里许多人患上肝炎。李海洪见前来看病的乡亲人数众多，便索性在家里支起大锅熬制草药，让患病的大人孩子都来服药治病，还把配好的草药带给行动不便的病人，教他们自己在家煎药。一时间，李海洪家里人来人往。乡亲们奔走相告：李海洪的方子灵验，而且分文不取！

风里来雨里去，李海洪这一干就是五十年，直至年至耄耋，他还经常给人把脉开方。谁家有人生病，他从来都是有叫必到，有求必应。几十年来，他医治了无数病人，挽救了众多乡亲的生命。多年来的坚守与付出，让李海洪的为人和医术声名远扬。

1976年8月，村民张某的母亲上吐下泻，连续两天水米未进，已然出现脱水休克的症状。村里有人劝告张某："还是尽早准备后事吧。"张某感到绝望，无奈之下打算放弃治疗。事情传到李海洪的耳朵里，他心想，平素老人身体还算硬朗，不至于到了无法救治的地步。他连饭都顾不上吃，抓起药箱急匆匆赶到张某家，经过一天两夜的积极治疗与细心护理，硬是将老人从死亡边缘拉了回来。老人恢复意识后眼含热泪，紧紧握住李海洪的手不放，感激他的救命之恩。

村里有位妇女，因其丈夫好赌，劝说无效，夫妻间吵了起来，她还被丈夫扇了一巴掌，气闷之下，得了"气鼓"。她的丈夫这下着急了，去找李海洪，说明情况，请他为妻子诊治。

李海洪问清状况后，好像很随意地拣了几把野草，告诉他："你拿回去，每天在你女人面前用慢火煎药，而且必须和颜悦色，赔着小心。除亲自给你女人侍奉饮食外，就一心一意地煎药，一天早中晚各一次。"那位丈夫依照李海洪的吩咐去做，果然不到三天，其妻子的病就痊愈了。

有人感到奇怪，野草怎能治病，且怎会好得如此之快？李海洪说："病刚得不久，还不算什么大病，无须吃药。我以草为媒，让其夫日日侍奉，尽心尽力，平其心而和其气，就足以治好她的病了。"

李家经过几代人的努力与探索，对中风、偏瘫等心脑血管疾病的认识和治疗已有了飞跃，而李海洪在此方面颇有心得。对于中风的见解，他说：人之半身不遂，由元气亏损而来。一个人的元气，分布于全身，若亏损过半，经络自然空虚，难免元气向一边归并，如右半身归并于左，则右半身无气；左半身归并于右，则左半身无气；无气则不能动，以致半身不遂，口眼㖞斜。

相邻的山方村有位三十五岁的周姓村民，在县城一家建筑公司上班。2009 年 1 月 20 日中午十二点，周某从一个建筑工地开车经永武线回家，行至湖沿村路段时，手忽然不听使唤，脚踩离合器也踩不到底，于是他马上停车下来。

后被家人送至县人民医院医治，住了几天院以后也不见好转，经亲戚介绍，周某的爱人找到了李海洪。李海洪诊断后为周某开了八天的药。

当周某服用三天的药后，慢慢能够走动，到了第八天，

寿仙谷轶事录

药已吃完，由于爱人外出未归，周某就试着自己开车去李海洪家取药，居然行动如常。

炮制丹、丸

贴钱救穷人

　　由于治好了很多疑难杂症，李海洪的医术有口皆碑。许多乡亲慕名而来，就连周边县的许多农民都舍近求远找他看病。20世纪80年代初，缙云县新建镇筧川村的傅清香找到了他。

　　时年三十六岁的傅清香罹患直肠癌晚期，情况不容乐观，由于家庭经济困难，治疗一度中断，听说了李海洪医术高超，便找了过来。李海洪四诊后，给她开了七味中草药的食疗方。傅清香服药后，病情逐渐好转。但由于长期看病，傅清香家贫如洗，李海洪除免费为其诊治外，还为她垫付了二百多元的药费。这二百多元，在当时的农村可是一笔很大的数目。但李海洪说："有人病了找到你，可病人手头又没有钱，总不能不给治吧！"

　　在王毛山村，有一个九岁的脑瘫女孩，生活无法自理，女孩的家人便找到李海洪，请他为孩子看病。一番诊断后，李海洪为小女孩制定了治疗方案。在为小女孩治疗的半年时间里，李海洪风雨无阻，按时为女孩治疗，尽心尽力。功夫不负有心人，小女孩最后不仅能够站立，还可以做一些家务了。看到小女孩从生活不能自理到可以照顾自己，大家认为女孩的家人在看病上肯定花费了很多钱财。实际上，女孩半年的医药费，李海洪分文未取。李海洪说："当医生治病救人是职责，乡亲们过得不容易，愿意给就给，不给我永远不要。"

20世纪80年代初，永康县唐先公社的王寿康因患严重心脏病慕名来到车苏村，住在李家治病，服用了一个月的中草药，终于痊愈。临行时，李海洪还给了他一袋中草药，嘱咐他继续服用。后来这位病人带着肥鹅等礼品到李海洪家，要求与他结拜为兄弟。

研磨药材

开刀去脓肿

以下是根据刘宅村刘某陈述整理而成。

1968年，我父亲让我前往车苏村海洪先家里拿取一些治疗风寒感冒的草药，我亲眼见识了海洪先开刀去脓肿的高超技艺。

在当时的农村，大都有赤脚医生，然而外科用药主要是一点儿红药水、酒精，还有一点儿消炎粉，仅此而已。我翻山越岭来到海洪先家时，看到两位村民用竹椅抬着一位老农，老农的一条大腿肿得有两个大腿那么粗。

大家放下老农后，我见海洪先拿着一把如同理发匠用于刮胡子的剃刀，在灯火上烧了片刻，便让患者咬住一块木头切勿松口。海洪先和颜悦色地与患者有说有笑，趁患者一分神，海洪先迅速一刀下去，在患者的患处划开了一个两三厘米的大口子，但只见鲜血流出，却不见脓液涌出。

当时患者痛得直呻吟，海洪先不慌不忙，又与患者开起了玩笑。趁此间隙，海洪先猛地向患者脸上喷了一口冷水，患者一时受了惊吓，忽地一下大腿上的脓液喷射了出来。

海洪先接着用其他方法将患者患处的脓液清理干净，用药棉塞进患处，包扎完毕，最后患者仍是被那两个人用竹椅抬走的。

几天后，我再一次到海洪先家取药，却看见患者独自一个人前来。只见他的大腿明显不再肿胀，撕开患处的包扎，只见一点儿外露的药棉头。海洪先为患者的患处擦拭了些酒精，取出开刀处的药棉，再用注射器反复向患处内喷洒酒精，如此这般几次后，李海洪先用食盐兑白开水将纱布药棉浸泡，随后又将纱布药棉塞进患处包扎。

我听患者询问海洪先："您老人家是否有什么法术？"海洪先说："这叫什么法术哟，是你开刀那一刻痛得一时紧张，致使血脉肌肉收缩，不能使脓液流出来。我趁你未留意、精力分散之时，忽然喷一口冷水，让你忽感惊吓，受惊后肌肉、血脉放松了，这开了口的脓疮口便撕裂了，创口变大了，脓包体内受挤压，才能使脓液喷射出来，就是这个原理！"

我当时非常关注这位老农，经过打听，后来海洪先为老农换了三四次药便痊愈了。您觉得在当时的医疗环境下，海洪先算不算是高手？

探索治疗癌症之路

　　20世纪70年代初的某一天，一位村民领着一位七十岁左右的大妈来到李海洪家，要买止痛的药。李海洪回忆道："当时她以毛巾包头，我并不知晓她所患何病，只是期望能够助她一臂之力。"大妈告知他，她头上长包。他伸手一摸，大妈头上的确长了无数硬包。

　　"您拿这种药去试试。"李海洪寻得一种消炎止痛的草药给她。次日，大妈高兴地找来，告知他，吃了这种草药后，可以安稳无痛地睡一觉了，并要大量购买这种药。大妈这时才告诉他，她患的是脑癌。

　　李海洪立即赶到佐溪附近的大山里，为大妈挖药。但是，过了没多久，大妈还是去世了。这个结果给了李海洪很大的打击，他想不通自己明明是采药治病的，为何却救不了那些被这种病痛折磨的人？

　　"看到可怜人救不了，就觉得自己枉学了医药。"李海洪感慨道，"望着她痛苦的样子，我作为一个医药人却无能为力，那时候心很疼很疼。"

　　这位大妈离世后，李海洪采集了大量中草药，开始开展配方研究。他将《易经》与中医经典相融合，在《易经》的基础上深入探究中医药，以"阴阳"的视角审视生命，认知疾病。他提出古代的"阴阳"对应如今的"冷热"。冷热是两种不同性质的力，而生命之所以存在也是因为同时具备了阴阳两种力。阴阳平衡，则生命力旺盛；阴阳失衡，即体内冷热超标或是不足，人便会患病。这就是中医所主张的阴阳不和导致寒热病。身体内之所以会出现癌细胞，就是因为身体内部的阴阳之力长期严重失衡所致。

　　他在阴阳思想的基础上提炼了独特的治癌四原则：其一，治癌首先就是治热。倘若身体内热过盛，人体便会处于一种较为亢进的环境，这样癌细胞就犹如获得了滋养，会加速生长，一旦身体免疫力稍有不济，就会无法抑制癌细胞的扩张，从而让癌细胞失去控制。其二，要一剂治整体。肿瘤与身体实则为一个整体，不可只盯着肿瘤去解决医治，而是要从整体出发，改变体内环境，让肿瘤失去生存的条件，这样才能让身体恢复正常运作。其三，治疗癌症需解泻而非攻补。在病人体内正气匮乏的情形下，以攻法治癌，就会造成攻掉了肿瘤也严重伤害到正气，可谓杀敌一千自损八百，病人没有正气护守，病情就容易反复。若采用补法，那就等于是在助癌细胞生长。所以采用泻法才能清除体内热毒，促进身体恢复正常。其四，治癌需要药物、精神、环境三管齐下施治。日常的生活、饮食和精神状态都会影响到体内的阴阳平衡，所以想要清除癌细胞，就不能只依赖药物的作用，而是要改变不良的生活、饮食习惯，保持良好的精神状态，这样才能从根本上解决癌症滋生的土壤。

淘洗药材

当年，李海洪的父亲李金祖曾凭借中草药治愈过诸多淤肿、蛇毒以及许多良性肿块。鉴于肿瘤的临床症状亦有毒、瘀、痰等表现，李海洪尝试将治疗良性肿块的草药配方用于恶性肿瘤的探索中，居然取得了意想不到的效果。

2001年，李海洪家中有位姓何的亲戚，时年六十二岁。因患重疾被医院下达病危通知书，家属无奈将老人接回家中准备后事。李海洪前来探望时提出一试，家属知晓他一直在钻研中草药治疗肿瘤，便抱着一丝希望让老人服用李海洪的中草药。五天后，老人咳嗽并吐出诸多瘀血，身体感觉轻松，痛感也有所减轻。此后，家属将此作为主要治疗方式。虽不能断言完全治愈肺癌，但老人的病痛得到了极大缓解，生活质量有了明显提升。二十天后，老人能下床活动；一个月后，甚至可以出门在门口山坡上放牛。此事让李海洪声名渐起，附近乡里有人开始上门讨要治疗肿瘤的中草药。

那之后的几年，李海洪的中草药配方在癌症治疗方面展现出独特价值。以武义县三港乡五十岁的男性李桂银为例。2003年12月，李桂银咳嗽数月不见好转且身体消瘦，他前往杭州某医院心胸外科检查，CT扫描发现其右下肺有肿块，右肺门和纵隔淋巴结肿大，后经纤维支镜检查找到分化较差的癌细胞。因家庭经济困难无法承担高昂的手术费用，只好放弃治疗回家。此后李桂银咳嗽加重，胸闷、气喘，浑身乏力。经朋友介绍，2004年3月18日李桂银来到车苏村向李海洪求助，抓取了三十服治疗肺癌的草药。服用十天后，李桂银精神好转，食欲增加，咳嗽减轻；一个月后，李桂银的咳嗽、胸闷症状消失。虽不能确定完全治愈肺癌，但李桂银的病痛得到有效缓解，身体逐渐恢复正常。

李海洪的中医药方虽不能完全治愈所有肺癌患者，但在一定程度上，针对某些肺癌类型，能够有效抑制病情发展，减轻病患的病痛折磨，为患者带来新的希望。

铁碾船

消鼓胀肿毒

武义白溪有一名患者，肝中长有一个肿瘤，数年之间，肿瘤由起初的黄豆粒大小，逐渐增至蛋黄般大小，常腹胀难忍，饮食不入，虽经多种药物联合治疗，仍无法遏制病情。后来竟发展到腹中水肿胀满如鼓，生命危在旦夕。虽然经过抽腹水等治疗，可随抽随胀，不能根治。

家里人听别人介绍，得知李海洪医术高超，便寻到车苏村，恳请李海洪前去诊治。

李海洪看到病人肚子胀得像皮球，青筋暴突，好像随时就会破裂。

李海洪长叹一口气说："到这种地步，用药非常棘手。"

这家人道："海洪先，您尽管治吧，反正我们也没有别的出路，但只要有一线活命的希望，还是要竭力争取。"

李海洪说："这样吧，先不管他肝内的肿瘤，先来退掉腹水，打开其胃口，令二便通畅再说。"

李海洪开好汤药，又用草药敷在患者肚脐肿胀最为严重之处，连同胁下各个疼痛之处，也予以贴敷。同时，李海洪叫他们务必给患者清淡饮食，少油少盐。

129

第二天，病人的小便量竟是平常的五六倍，鼓胀的肚子像退潮一般，消退了一半，病人胸肋部的胀痛之感也消除了七八分。病人的家里人无不兴奋地再次来到车苏村，请求海洪先再度调整方子。

李海洪看到病人有了些胃口，能喝点粥水，便一方面让病人食用山药粥，另一方面让病人饮用黄芪鲫鱼汤作为食疗。

这般一周之后，病人居然可以下地走路了，肿势消退了八九分。半年后再去检查，发现肝区肿瘤并未增大，反倒萎缩成硬块，看起来身体与病灶已能和谐共存，病人可带病延年过上正常的生活了。

蒸笼

治小孩高烧不退

李海洪曾在悬崖峭壁上采到过一种当地叫作吊兰的草药。他把吊兰采回家，种在自家草药园子的隐蔽处，仿佛它是一个需要呵护的宝贝，给它浇水，并不时地观察它的生长情况。在李海洪的精心培育下，吊兰种活了。吊兰的药效真有些奇特，每当有小孩子高烧不退，李海洪便会到院子里摘一段吊兰，让小孩子把吊兰嚼碎吞下。小孩子吃了之后，病情很快就有了改善。武义人把吊兰称为仙草，其实这吊兰就是铁皮石斛。

20世纪70年代的一天，李家正在吃午饭，一对年轻夫妇抱着一个发高烧的襁褓婴儿闯了进来。一进门，年轻的母亲就喊："海洪先，救救我的孩子！"年轻的父亲满头大汗、气喘吁吁地站在那里已经神情呆滞。

李海洪立即放下没吃完的半碗饭，走过去用手抚摩一下婴儿的额头，又见婴儿鼻翼微微翕动，手脚有痉挛症状。李海洪皱皱眉头"嗯"了一声，回头招呼儿子李明焱去草药园掐"吊兰"，又让女儿拿来一个酒盅。女主人邹梅珍也赶紧放下饭碗过来，一边帮忙抱孩子，一边劝慰年轻的父母别紧张别担心。李海洪从"百宝药箱"里取出一个银戒指，放入装有少许开水的酒盅，将几节"吊兰"在手中揉出绿色的茎叶汁，一滴一滴地滴入水中。然后，取出戒指，将绿色的汁水灌入婴儿的口中。过了一会儿，婴儿就慢慢地安静下来并睡着了，呼吸也渐渐均匀起来。李海洪这才坐回饭桌上去吃那半碗剩下的饭，同时招呼那对年轻夫妇一起用餐。

还真是有些神奇，婴儿一觉醒来，虽然脸上还是红扑扑的，但烧已经退了，嘴里咿咿呀呀地说着大人听不懂的话。年轻父母说着感激的话，询问诊费药费需要多少钱。李海洪说："孩子烧退了就好了。我不收你钱的。吊兰是我自己采回家种活的，又不是市场上买的。"年轻父亲掏出十元钱，说什么也要李海洪收下。见对方如此执着，李海洪便收了一元钱做诊费和药费，又嘱咐对方说："孩子的烧现在是退了，但可能会反复，你们还是要带孩子到县医院看一看。"年轻夫妇这才千恩万谢地走了。

等求医者离开后，李海洪告诉求知心切的儿子李明焱，这个婴儿之所以高烧不退，是由于天气炎热，暑气逼人，弱小的身体受热、受湿所致，所以比较容易反复，发烧的热度退不下来，因此要用滋阴的"吊兰"取汁来补益身体，使高烧退去，同时想办法祛除热邪、湿邪。

父亲施药治病不要钱，李家的孩子一点儿也不感到意

寿仙谷轶事录

外。因为李海洪平时经常教育子女，卖药治病不能光想着赚钱，首先要想着这是救死扶伤，是行善积德。

事后，李明焱对银戒指放酒盅治病的事百思不得其解。他终于忍不住去问父亲。父亲摸摸他的头说："就你爱动你的小脑筋！告诉你吧，这是你爷爷传给我的，我也搞不清楚为什么。我也问过你爷爷，你爷爷说是祖宗传下来的，银器大约也是有些药用价值的。"年幼的李明焱听得云里雾里。

李海洪就是这样，通过一次次的言传身教，日积月累地把祖辈传承的采药、种药、加工、组方、熬制、治病等传统知识传给子女，希望李氏后代有一天能重振寿仙谷药号，为日后寿仙谷药号的复兴打下了坚实的基础。

风炉

治成人高烧不退

1989年夏天的一个晚上，有一位青年前来找寻李海洪，说他的哥哥高烧持续一个多星期，在医院治疗高烧不退，恳请李海洪去看一下。当时，李海洪略感为难，家中正值夏收夏种的大忙时节，几个儿子种平菇、香菇等各有各的忙碌之事。然而，病人病情危急，治疗高烧犹如救火，刻不容缓。

李海洪连夜赶赴县城时，已是晚上十点多。病人挂着吊瓶躺在床上，其嘴唇干裂脱皮，舌苔白粗无津、质红而欲透，一只手的脉象洪大且数，口气粗热。

问及饮食状况，家人回答，谨遵医院医生嘱咐，仅食用少许有营养的流体食物，如蛋汤、排骨汤之类。

问是否有大便，答已多日未解。

问病人如何入院，家人说病人前几日因咽喉疼痛前往医院看病，治疗数日未见好转反而发高烧就住院了。

目前病人的体温早上略低，下午之后在40℃上下。发热汗出，咽喉疼痛难以进食，肌肤发热，神志尚且清醒。

李海洪诊断此为暑热之病，乃阳明合少阴经证，开出药方。并叮嘱饮食方面只能喝点稀粥，禁一切油腥生冷之物。切勿用冷水敷在头上，也不可使用风扇，让其体温与自然和谐。

次日，其弟回话说服药后下半夜高烧便退去。

又过一日，病人已不再发烧，而后继续依照处方调养身体，一个星期后就可以上班了。

李海洪诊治过多例住院治疗的或是发热多日待查的病人，一经采用中草药辨证治疗，高烧有的在数小时内便消退了。李海洪治疗高烧的用药不一定相同。他说："治疗高烧用药一定要有法可依，用药需依据病情灵活多变，不可拘泥于一种方法，切勿被表面现象蒙蔽。中医传承数千年，底蕴深厚，精彩之处众多。"

石推磨

治痢疾滞便

20世纪90年代初，一个夏天的早上，武义有机化工厂的一位工程师前来找李海洪，说是其女儿，当时四五岁的样子，如今或许已有二十几岁了，因病在县医院住院将近一个月了，医院要给她做肠镜检查，还说可能要采样进行病理分析。夫妻二人焦急万分，特来找李海洪，看看中医有没有办法。

细询病情后，李海洪认为实际上并不复杂。原来小女孩患上了"痢疾"，拉红白黏滞便，在医院住院医治。现在大便干结如羊屎，排便极为艰难，且排便之后仍有红白黏液。医院鉴于临床痢疾症状不太典型，故要做肠镜检查。实际上做肠镜检查并不可怕，只是孩子年幼，所以就有些担忧。

李海洪仔细观察孩子，切脉、舌诊、腹诊后说："请大人放心，小孩并无大碍。不用住院，回家服用中药即可。"然后开具处方。

工程师拿到处方后，将处方拿给县医院的中医师看，中医师虽有疑惑，但还是劝工程师依方给女儿服药。只过了四天，工程师登门致谢，称仅服用了三剂，病就痊愈了，饮食大便皆恢复正常。

县医院的这位中医师也是个认真之人，特意与工程师一同赶到李海洪家，请教其中缘由。

李海洪向他说明了情况。中医师说："听海洪先这一番话，我茅塞顿开，受益良多，用药处方，还是海洪先的治法更为周全。"

晾晒药材

治慢性结肠炎

李海洪曾经成功治疗了一个顽固的长年腹泻的病人，主要得益于不能墨守成规的思想，用常规治疗方法不能治愈，改用别种治法而痊愈的。

那名病患是县里一家企业的工人，患发作性腹痛，拉稀水一样的大便，每日五次以上，遇冷更加厉害，三伏天也要用棉絮护肚；生冷饮食只要入口，腹泻必然加剧；最为苦恼的是逢年过节无法去做客，因有时甚至会将大便拉在裤子中。其已历经中西医诊疗四年之久，历经七八年直肠镜检查，被诊断为慢性结肠炎。

李海洪当时认为此证易于辨析，无非是脾虚、肾亏、或木乘土、命门火衰等而已。于是采用疏肝健脾、补中益气、温肾健脾等治疗虚症腹泻的法子，相继杂投近两个月，却未见丝毫成效。

苦思冥想之际，李海洪忽然想起父亲李金祖之言，不可墨守成规，于是就去研读医书。《景岳全书》（明代张介宾所撰）云："外感之邪未除，而伏留于经络。食饮之滞不消，而积聚于脏腑……病久之羸，似乎不足，不知病本未除，还当治本。"《临证指南医案》（记录清代著名医家叶天士临床经验的一本名医医案专著）徐大椿点评道："无邪而纯虚者或能有效，如正虽虚而尚有留邪者，则此证永无愈期。"其意为，有人患病，虽为虚证，全身症状亦呈现虚象，但倘若有一两处呈实证之象，实证则比虚证更为紧要；实证的邪气，有时或许是外感之邪留存于经络，或饮食停滞积聚于脏腑。病久之后，看似为虚证，实则不可按虚证治疗，应当治疗病因，祛邪消积。以固涩补益的止法，若用于无邪的纯虚证，或许有效；但倘若正气虽虚却仍有残留的邪气在内，采用补虚之法则永远难以治愈。

　　读至此，李海洪深受启发。想到此患者脉沉而有力，腹痛而不喜按。证虽多现虚证，难道就无实邪积聚？不能以久泄必虚自囿。

　　于是，改投温脾汤加味。患者服药后的头两天，大便次数增多，排泄些豆渣颗粒样大便，但腹痛减轻。李海洪依此方加减，患者只服了十剂，已基本痊愈。李海洪又开了个方子，嘱咐服用两个月以作善后。

猪肝色磨刀石

治急性黄疸肝炎

邻村丁塘背有一个人，平素身体极为健壮，很少生病。却突患亚急性肝坏死，不治身亡，离世时还不到三十岁。别人与李海洪说起此事，不免连连叹息。其实，李海洪有一剂"栀子连檗汤"，他曾用此方医治亚急性肝坏死病人两例，病人皆得以痊愈。

一天，从柳城赶来一对夫妇，携着病儿乘汽车辗转而来，耗费近三个小时抵达车苏村。夫妇俩对李海洪说，儿子五岁，平素身体不是太好，真是十分着急。

他们儿子患的是急性黄疸肝炎。起因是邻居小姐姐患有黄疸肝炎却未被察觉，小孩常跑去在一起玩耍。待邻居女孩确诊为黄疸肝炎时，已经过了一周。他们儿子发病时，频繁呕吐，起初以为是胆、胃方面的毛病。

这对夫妇说，县某医院有位大夫极为热心，刚参加工作，跑上跑下积极施治。大夫一直认为是炎症，先点滴青霉素两日，未见成效；又继续点滴红霉素，把孩子滴得哭闹不止，几乎难以救治。幸得夫人见情况不对，看小孩打红霉素反应如此剧烈，就问医生："肝病能否用红霉素？"

医生说："那是不能用的。"于是赶忙拔掉输液针，此时患儿已全身可见黄疸。

邻居为他们出主意，说泉溪乡车苏村有位李海洪先生治疗肝炎极为厉害。夫妇赶至车苏村后，患儿全身蜡黄，像面条般软瘫着，毫无精神。李海洪开了方子嘱咐给患儿煎服。另用鸡蛋煮熟后对剖两半，去掉半边蛋黄，中间置入切碎的积雪草，将蛋合起，用丝线扎紧，再煮透后给患儿吃蛋。

不到一周，黄疸退净，调理一月，夫妇俩带着儿子再来复诊，小孩身体已完全恢复。李海洪摸了摸小孩的肝脏部位说道："你这小孩命大啊。甲肝至如此地步，是极为危险的。幸好未发展成严重的肝病，要注意休息，三个月内勿做大的运动。"

后来，这小孩的身体一直不错，长大参加高考，还被大学体育专业录取了。

麦冬刀　　　　铁舂钵

李海洪遇见过各种患者，有的患者已被医院判了"死刑"，有的家人已在准备后事，他们听闻李海洪能够施治之后，多数抱着"死马当活马医"的心态前来寻他。而这些患者，经由李海洪治疗之后，得以从"鬼门关"捡回性命。

　　家住缙云县壶镇的陈雨（化名），曾就读于杭州电子工业学院（现为杭州电子科技大学）。1994年元旦，由学校安排至海宁实习，实习结束后可直接留在杭州工作。1994年6月的一天，陈雨突然全身抽搐不止、口吐白沫、神志不清，被同事送往当地医院抢救，医院的检查结果为癫痫。在医院治疗了一段时间，花了三千元医药费却未见好转，陈雨的父母将女儿接到杭州医治。在省城医院，陈雨被院方确诊为"病毒性脑炎"，住院期间昏迷不醒，一直于急救室抢救，住院三个月仍未苏醒，医院只得让陈雨的父母办理出院手续。陈雨的父母又把女儿转至缙云县人民医院治疗，住院两个月后，医生对陈雨的父母道："办理出院手续吧，你女儿只能听天由命了！"

　　把陈雨抬回家时，陈雨的父母望着躺在床上的女儿，老泪纵横。陈雨的父母依旧没有放弃寻找治疗之法，只要听说哪里有中药能治好这种病，他们都愿意"砸锅卖铁"去试一试，即便是昂贵的保健品，他们也会一次花费几千元买来给女儿吃。由于女儿一直昏迷如同植物人，煎出的中药汤从嘴巴喂不进去，就从鼻子灌到胃里。

为治好陈雨的病，陈家已花费十多万元，家中早已一贫如洗。由于已经家徒四壁，陈雨的父亲只得外出打工。后来，经人介绍，陈雨的母亲找到了李海洪。1995年3月的一天，李海洪来到陈雨家时，陈雨原本六十五公斤的体重只剩下三十多公斤，由于长期卧床难以翻身，背部及小腿皆长了褥疮。当天，李海洪开具了十天一个疗程的药方，陈雨服药十天后，身上的抽搐不像从前那么强烈了，次数也明显少了。之后，又进行了十个疗程的治疗，陈雨奇迹般地康复了。

在家人的悉心照料下，陈雨开始能够下床缓缓行走，她的神志渐渐清醒。1999年5月，陈雨的病情全部好转，她还参加了全国会计资格考试，并获得会计资格证书。2000年2月，陈雨应聘到壶镇当地的一家公司担任会计，开始过上上班族的生活，体重也恢复到五十多公斤。陈雨的父母逢人便说："海洪先是我们全家的恩人啊！要不是他，我们会失去最宝贵的女儿，更不会有我们今天的生活！"

治愈病毒性脑炎

1999年9月30日，就读于武义三中的高三学生周霞（化名），忽然双眼定向侧视，昏迷不醒，随后被送至武义县某医院急救。苏醒后一切正常，医生诊断其为因学习紧张所致的神经性头痛。

10月8日晚，正在上课的周霞再度出现双眼定向侧视、人事不省，并全身抽搐、流口水。校方及时将周霞送往医院抢救治疗，经住院一周治疗观察，周霞被诊断为癫痫，医院建议转院至金华市某精神病医院治疗。在某精神病医院治疗四天后，周霞依旧处于昏迷不醒的状态。

由于病情未见好转，周霞又转至省级某大医院，经过多名专家会诊检查后，诊断为病毒性脑炎。医院以抗病毒、抗感染、解痉镇静为主要治疗手段，辅以输液营养支持、按摩等疗法，同时邀请神经科、心理等科室专家会诊。虽然病情得到一定控制，但是周霞仍昏迷不醒、抽搐、发烧。周霞在医院治疗的六个月期间，家里已支出近三十万元的治疗费，病情却没有明显好转。医生甚至暗示，像周霞这样的病人，继续治疗已无意义，徒费钱财，也就是说医院方面已回天乏术。周霞的父母只好办理出院手续，将周霞带回武义老家。

令人欣慰的是，周霞遇到了贵人。周霞的爸爸上街买药时偶遇一位老朋友，闲聊时老朋友提及车苏村名医李海洪。老朋友即刻联系并找到了李海洪，李海洪当场表示愿意前来给周霞治疗。

2000年4月11日，李海洪亲自到县城为周霞诊治，当时的周霞依旧一直处于昏迷不醒的状态。李海洪经过对患者的望、闻、问、切等检查，辅以针灸、按摩等治疗，所用治疗药物皆为中草药。4月16日，周霞开始苏醒，慢慢能够睁开眼睛，体温恢复正常不再发烧，同时痰量逐渐减少。5月16日，周霞已不再咳嗽，痰少，精神状态逐渐好转。

6月26日，李海洪再次到县城探望病中的周霞，见到她已经能够坐起、听懂语言，气管切口愈合，身体状态逐渐恢复。周霞的妈妈正扶着周霞坐在床上，缓缓为她按摩。看到李海洪，周霞一家格外高兴。周霞妈妈说道："女儿看上去脸色尚好，精神不错，无咳嗽、无痰。万分感激海洪先，不知用何种语言表达，总之就一句话：是先生给了我女儿再生的机会，谢谢！"此时，周霞妈妈已泪流满面。

经过一年多的调养，周霞完全康复。

治好疑难病

居住在上海的林先生说：

在我六七岁时，患上了荨麻疹（民间称作风疹块），每年都会发作数次。每次发作，皆前往上海儿童医院就诊（那时儿童医院位于上海的杨浦区临青路）。医生开具的几味药我仍记得，有地塞米松、可的松，或者吃药或者打针。药物有效，服用后睡一觉便会好转。然而，却无法断根，每年仍会发作几回。

到了十一二岁时，病情越发严重。每次发作的面积越发增大，持续的时间越发长。并且，在未发病时，皮肤上还留存着暗红色的斑纹。

后来，回到武义，经人介绍，父亲带我前往泉溪镇一个偏僻的山村看中医。我记得那位老中医姓李，众人皆称其为"海洪先"，年逾七十。他为我号脉、查看舌苔，写了一个方子交给我，语气肯定地说："拿去抓药吧，多抓几服，抓十服吧，这十服药吃完，这病就断根了，就不用来了！"

---

❶ 本篇由上海的林先生口述，作者整理而成。

十服药饮毕，红斑尽褪，至今将近三十年，未曾发作。

二十九岁那年，我突然患上高血压。前往姐姐工作的医院，寻了最出色的内科主任，也未查出什么器质性的病变，只能先控制血压。于是，我开始每天服用降压药。

吃了一段时间的降压药，血压依旧未降，整日昏昏沉沉。

在我强烈的要求下，我又回到武义去寻那位老中医"海洪先"。此时海洪先已八十多岁，但仍精神矍铄，目光炯炯。海洪先为我诊脉后说道："你的血压理应是偏低的，只是肝阳上亢，也就是西医所言的内分泌失调才致使血压升高，能治！"他给我配了七服药，嘱咐我吃完药后再来。

一周之后，我忐忑不安地来到车苏村。海洪先为我号脉结束，对我说："去量一下血压，应当已经正常了。"我简直不敢置信，立刻到医院，测量血压，居然真的正常了！此后，又服用了一个多月的汤药，以作巩固。直至今日，我的血压依然正常！

瓷乳钵

治疮高手❶

贵州来武义金岩山工业区某企业就职的黎某某说：

我在武义打工的公司附近的车苏村有一位老中医，大家都叫他"海洪先"，他家有祖传治疗各类疮毒的草药方子。

他看疮，只需抬眼一瞧便能知晓，无须开方，就是田间地头常见的草药，有祛毒的、败火的，几种搭配掺和在一起，洗洗抹抹就能去了病根。尤其是在治疗蛇胆疮（水痘－带状疱疹）方面，他更是有独到之法。

前年我三姨腰部起了蛇胆疮，去医院打针吃药花费了将近两千元钱。病虽得以控制，但没有去病根，一到阴天下雨依然疼痛难忍。后来听闻这位老中医能治，便寻上门去。

老中医给了她一把草药，让她熟水之后擦洗，结果病愈，阴雨天再没有疼痛过。

去年我媳妇怀孕时，不知道咋回事，小腹处起了一片小疙瘩，越挠疙瘩越多，越挠越觉得瘙痒。因怀有身孕不敢过多用药，我媳妇只能强忍，后来实在忍不住，急得直哭。

❶ 本篇由贵州来武义金岩山工业区某企业就职的黎某某口述，作者整理而成。

后来，我们也去找了那位老中医。老中医说，这叫"黄瓜疮"，让我们莫急，好治。他给了我们一些草药，嘱咐用水熬开，一日三次擦洗。

我给他钱，他说啥也不要："你们不远千里来此打工不容易，要照顾好自己的身体。这就是地里寻常的药草，不值什么钱的！"

你别说，这草药还真管用，洗了一天便不再瘙痒，连着洗了一周疮瘩便消退了，再也没有复发过。

后来我们买了东西去答谢他，他只收了两包点心。

润药缸

治痛风

安徽来武义金岩山工业区某企业就职的苟某某说：

泉溪镇车苏村有位老中医叫李海洪，他医术精湛，且待人极为热情。只要踏入他家，讲明身体状况，基本上病症都能治愈，而且花费少，随来随看，无须挂号。

有一天夜半时分，我老公的大脚趾边突然又红又肿，并且疼痛钻心（我们当时弄不清究竟是怎么回事，从未遭遇过此种状况），吃了三片止痛药，总算熬到了天亮。起床后，情况依旧糟糕，疼痛依旧剧烈，我们夫妻俩顾不上吃早饭，骑着电动车前往三公里左右的车苏村，找到李海洪，说明来意，伸出脚给他查看，他当即就说这是痛风发作，我老公惊得目瞪口呆，半晌才缓过神儿来，说："怎么会这样呢？家族里几代人从没听到他们患过这毛病呀？"

李海洪仅用几分钟，便调配好药物，如一张狗皮膏药般贴在痛处，并叮嘱忌食高嘌呤食物（海鲜、肉类），有些蔬菜肉类一定要焯水后，才能炒制、凉拌食用。

---

150 ❶ 本篇由安徽来武义金岩山工业区某企业就职的苟某某口述，作者加工整理而成。

总共花费五十元，说是无须服药，只要回家每日多喝水。

就这一贴膏药，痛风得以治愈，而且五年未曾发作。真是神医！

在大城市，我妹夫的痛风已有七八年，他去过好几家医院，如今三天两头发作。后来用了这种膏药，大大缓解了病痛。

痛风这种病很怪，要在初发期诊治，方可一次性治愈。倘若已有数年痛风病史了就很麻烦，让人备受折磨！

后来，听人说，李海洪的膏药很不简单，尤其配制十分复杂，方药由十几种中草药组成。

浸药桶

治病见情分

寿仙谷轶事录

车苏村村民李某林说：

我十三岁那年，刚满五岁的弟弟忽然患病。弟弟这病来得古怪，突然间就高烧不退，上吐下泻，吃啥吐啥，吃啥拉啥。起初，父亲以为不过是寻常的腹泻，便吩咐母亲用"老藠细"煎鸡蛋给弟弟吃。"老藠细"是我们当地的叫法，其实它的学名叫作野葱，是一种野菜，在村里颇为常见，叶子纤细，轻轻一触，便能嗅到一股清香。只要村里有人拉肚子，往往就采上几把"老藠细"，切成细丝，加入两个鸡蛋，搅拌均匀，煎炒下肚，便能药到病除。可奇怪的是，父亲刚把炒好的鸡蛋端到弟弟面前，弟弟才嗅到那股浓烈的香味，就翻肠倒肚地吐了起来。

母亲急了，说道："这孩子，究竟怎么了？赶快请你堂哥海洪先吧。"父亲瞪了母亲一眼，粗声粗气地说："这种突发的病，他能治吗？赶快准备准备，送儿子去公社卫生院。"我父亲看不惯这个长他七岁的远房堂哥，因为先祖没

---

❶ 本篇由车苏村村民李某林口述，作者整理而成。

152

把医术传给我们家，两人虽说都读过书，但见面鲜少能说得上话。

父亲和母亲轮流背着弟弟，心急如焚地朝卫生院赶去。一路上，弟弟软绵绵地伏在父亲或母亲的背上，气若游丝，仿佛随时都会停止呼吸。多年以后，每次回想起那一幕，父亲仍心有余悸。他说，那是他一生中最害怕的时刻。

终于到了卫生院，在医生的安排下，弟弟住进了宽敞明亮的病房。

询问、记录、检查、打针、输液。事毕，医生很有把握地说："发烧、拉稀，小儿科，不要紧的。"

父亲松了一口气，回头对母亲说："你看，这才是真正的治疗。那个海洪，他懂什么？"

事实上，医生低估了我弟弟的病情。针打了，液也输完了，弟弟却毫无好转的迹象。刚输液时还有哭泣声，后来却只剩下抽噎，似乎出气多，进气少。摸一摸脸，冰凉；再摸一摸脚，依旧冰凉。那一刻，父亲心中陡然涌起一种不祥的预感。父亲气急败坏地揪住医生，厉声质问医生是如何治疗的。医生仔细查看了病症，脸上一片迷茫，许久才说："这孩子的病很怪啊，让人捉摸不透，为孩子着想，赶快送往县医院吧。"

送往县医院，说起来容易，做起来却是千难万难。多年以后，根据父亲的讲述，我曾仔细梳理去县城的路程：首先，必须从公社卫生院返回村里，这段路程有五公里，几乎全是山路，至少耗时一个小时；其次，回到家中要做最基本的准备，比如筹钱，打理必备物品等，即便一切顺利，也要花费几个小时；最后，从村里出发，需要走近三个小时的路程，才能到达城里。也就是说，即便一路顺遂，也要将近六七个小时，才能到达县城。连续不断地行走，还要背上一个生病的孩子，可谓是对体力与心灵的双重折磨、双重考验。我完全能够想象，当时父母所面临的压力究竟有多大。但病情紧迫，容不得父母犹豫，他们像来时一样，轮流背着弟弟往村里赶。父亲说，那天走在路上，他的脚都发软了，汗水湿透了全身。经过一座乱坟岗时，看见乌鸦在天空盘旋乱舞，听见它们发出的乱叫声，父亲的心一下子揪紧了。

回到家后，顾不上休息，父亲吩咐母亲在家整理要带走的衣物，自己则准备外出借钱。父亲刚跨出门槛儿，就被一个人挡住了去路，定睛一看，原来是李海洪。

父亲不吭声，用肩膀撞开李海洪，径直往前走。

李海洪一把拉住了我父亲，父亲侧过头，冷眼相待。

李海洪没有松开我父亲的手，他盯着父亲的眼睛说："我是为了小康（我弟弟的名字）而来的……"

"让开，我不相信你，我也不请你。放开，我没时间奉陪。"没等李海洪说完，父亲就打断了他的话。

李海洪却不放手，固执地盯着父亲的眼睛，说："只要你给我机会，我就能治好你儿子的病；如果你不相信我，我也不勉强，但我可以借钱给你，孩子的病不能再拖了。"说完，把另一只手中的钱袋晃了晃。

父亲愣住了，一时语塞；母亲不知何时也走了出来，连声说道："大伯，他不相信你，我相信，请你赶快为我儿子看病吧。"

李海洪急忙跟着母亲走进了屋子，似乎生怕稍晚一步就会被父亲阻拦。

屋里，我弟弟紧闭双眼，如一片单薄的树叶，静静地躺在床上。李海洪屏气凝神地走过去，小心翼翼地坐在床边，轻轻拿起他的手，仔细地号脉。然后又轻轻翻开他的眼睛，认真查看。刹那间，屋里仿佛笼罩着一种庄严肃穆的氛围，就连我父亲，似乎也被震慑住了，站在一旁，沉默地看着这一切。李海洪检查完毕，打开药箱，拿出一个小瓶子，里面是黏稠的黄色液体，不知是何物。只见他打开瓶盖，往手中倒了一些液体，抹在我弟弟的肚子上，开始揉捏起来。时而轻柔，时而用力，时而缓慢，时而急促，随着他的动作，能听见弟弟肚子里面哗啦哗啦作响的声音。一刻钟后，李海洪停止了动作，他向我母亲要了一盆水，仔细地洗净手、擦干，打开另一个瓶子，倒出了几只晒干的虫子。他把虫子放进一个碗中，捣成粉，分成均匀的几份，交给我母亲，说："马上给他服一服；四个小时后，再服第二服。没事的，今晚十二点见分晓。"

母亲连声感谢，起身准备操办饭菜。

李海洪从容地站起来，对我母亲说："不饿，不饿，别麻烦了，我先走了。"

我父亲像一座山，挡在了他的面前，冷冷地说："恐怕你现在还不能走，海洪先。如果我儿子有个三长两短，你说该由谁负责？所以，你必须待到十二点。"

李海洪镇定自若地坐下来，对着我母亲喊道："弟妹，给我泡壶茶吧！"李海洪坐在我家的竹椅上，慢慢地细细地品茶，轻松自在，悠然自得。

在此期间，我母亲几次想要准备饭菜，都被我父亲毫不留情地阻拦了。

时间一分一秒地过去，十二点终于到了，一直静静地躺着的弟弟突然动弹起来，喊道："妈，妈，我肚子饿，我要吃东西。"

母亲赶忙做了两个荷包蛋，端到弟弟面前，这一次，弟弟不吐了，一口气把鸡蛋吃得精光，连汤也喝干了。

李海洪依然静静地坐在竹椅上，慢慢地细细地品着茶。

我父亲却急吼吼地喊母亲："快做几个好菜，我要和哥好好喝几杯。"

那晚，他们一直喝到深夜，两人都喝醉了，说了许多话。

第二天，父亲捉了两只大公鸡，拿了两瓶酒，不由分说，往兄长李海洪家里送去。

病人变为亲家母

李海洪因治病而在李家发生的一个故事，迄今仍是乡里乡亲茶余饭后的一个"热门话题"。

有一年春天，车苏村党支部书记的儿媳妇，搀扶着一个病恹恹的中年女人来到李家。李家赶忙搬来椅子，泡上清香的茶水。

支书的儿媳妇介绍道，这是她的母亲，患有严重的高血压和风湿性心脏病。公社医院、区医院和县医院不知看了多少回，就连地区医院、省城医院也都去过了，病不但没治好，反而越发严重了。都说海洪先医术高超，便带着她母亲来看一看、治一治。

病人面颊泛红，喘着粗气，有气无力地说道："我这病看来是很难痊愈了，权当死马当活马医吧。"说着，竟剧烈地咳嗽起来，还咳出一口吓人的血。李海洪紧皱着眉头，眯着眼，给病人把了许久的脉，而后走进房间忙活了好一阵子，拎出一大包草药，交到支书的儿媳妇手中。李海洪递过草药时说："先吃着试试。"

风湿性心脏病极难治愈，属于疑难杂症之一。说实话，

第三代传人李海洪

157

李海洪压根儿不敢保证能将人家治好，也就只能说试试看。然而，过了半个来月，支书的儿媳妇来李家拿药，说是母亲的病情有了好转。半年之后，支书儿媳妇竟然跑到李家说，她母亲的病基本痊愈，能够操持家务了。

在一个阳光明媚的日子，支书儿媳带着她的母亲再度来到李家，同来的还有支书老胡。他们拎着大包小包的礼物，是来感谢李海洪治病有功的。客人们先说了一大箩筐感谢的话，说得李海洪只得搓着手反复说："你们也太客气了，太客气了！"

说完客气话，又聊起了一些别的话题。聊着聊着，支书儿媳妇的母亲突然涨红了脸说："海洪先呀，您医术高明，你们家的人呀，个个都好、心也好，如果你们不嫌弃，咱们就做个儿女亲家吧。"胡支书笑着说："我今天就是来替我儿子的大舅子做媒人的，哈哈。"

此语一出，李家众人措手不及。

李海洪知晓，支书的儿媳妇是从邻县永康嫁过来的。因其娘家在永康县城东郊居住，算得上"半个县城人"。而在当时那个封闭的年代，年轻人谈婚论嫁，一般都是同村、同乡的"内销"为主，鲜少有出村出乡搞"出口"的。倘若有乡村女孩远嫁到县城或者县城附近，便会被人夸赞福气好，是去享福了。车苏村地处山区，交通闭塞，生活艰难，支书儿媳妇的娘家各方面的条件显然要好得多。如今，又是支书出面做媒，想让李家三女儿李利姿嫁给他儿子的大舅子。李海洪嘴上说："这事得问我女儿自己，我们父母做不了主啊。"其实，李海洪心里早已有了几分同意。

于是，李家三丫头就远嫁到了永康县城城郊，成了"永康媳妇"，而李海洪原先的女病人也就变成了他的亲家母。

行善积德有善报，千里姻缘因病牵。

浸润药材

神妙药丸治打嗝[1]

我叫张明志，家在县城上街南狮子巷。

我年轻的时候，饭后总是打嗝，尝试了很多土办法：猛喝热水；让别人突然吓唬我一下；刻意憋气。可这些都没用，最后让海洪先治好了。

我有一个习惯，吃饭狼吞虎咽，而且饭量很大。可是到了夏天就会出现一个很奇怪的现象，大热天刚吃完饭就打嗝。

有时自己知晓这毛病，格外小心，却依旧无效。即便大夏天刻意少吃些，还是会打嗝。找西医，通常先让服用吗丁啉试试。

按照医生的说法，这种情况一般都是胃痉挛引起的，很多人服用吗丁啉后，确实痊愈，且见效迅速。

我服用后却毫无作用，自行去药店买健胃消食片，此药不少人都用过，单看名字感觉应该有效，可吃到胃里反酸水，依旧不见好。

我打嗝严重时，每打一次嗝，浑身都要哆嗦一下，腰

---

[1] 本篇根据张明志口述，由作者整理而成。

两侧的肋骨疼痛难忍，难受至极，躺着还打嗝，根本无法入睡。

打嗝能把人打到哭，说的便是我这种状况。

后来听说泉溪镇车苏村有位叫海洪先的老中医，治这类病症很厉害，就去试试看。众所周知，在农村，年长的乡村医生一般没有自己的诊所，多是在自家给人看病。有人会专门腾出一间房子，有人则直接在卧室诊治，条件不讲究，只求有疗效。

我找到他时，他也是先询问状况，再把脉、看舌苔，接着便开药，并嘱咐我不要吃生冷的东西，尤其不能喝冰镇啤酒，不能吃雪糕、冰激凌等，然后就完事了。

等我拿到药，吓了一跳，这药量也太大了吧！全是他自制的药丸，我回家数了数，一次要吃三十粒，都是常见的那种药丸，椭圆形的。

海洪先说，中药煎药太过麻烦，他将中药炮制后辗成粉末，装入胶囊中。为区分各种药，胶囊有红色的、白色的，还有黄色的，看上去色彩斑斓。

许多人都有个常识，中药见效慢，可是这位老中医开的药，一般午饭服用一次，下午去卫生间的次数就明显增多，像排毒一般。

当然这不是泻药，更不会拉肚子，毫无难受之感，只是次数增多。

到了晚上，打嗝的症状明显减轻了；再服一次药，晚上平躺在床上睡觉，已经不打嗝了。

第二天清晨起来，基本痊愈。

印象中因为打嗝，我去找过这位老中医至少五次，每次都是药到病除，甚是神奇。此后，我再没有像从前那样频频打嗝，可算治好了。

我还专门问过他药方，可惜时间太久，记不住了，好像是由柿蒂等十几种中草药制成的陈香露、消食散等，其余的都忘却了。

这些药都很常见，主要是各种药搭配在一起，太奇妙了。

石手磨

奇特的治伤药酒[1]

我是浙江工业大学的副教授李某某，籍贯为武义县桃溪镇。

在武义一中读高中时，我从二楼摔落，受了重伤，腰间鼓起一个包。找了众多医生，都说这个部位不能轻易动手术。

我只得静养，也尝试了各种土办法，诸如热水敷、喝药酒，还在医院的康复科进行了数月的牵引治疗，疼痛感虽有所减轻，却难以根除。

后来家中人从他人处听闻，泉溪镇的一个偏远山区，有一位叫海洪先的老中医，治病很有一套，许多医院治不好的病都被他治愈。久病乱投医，实在无奈，我与父亲赶忙前往。

我们是由一位与海洪先很熟悉的人带着去的。

听闻他子女众多，房子也有多处，不知其居于何处，这位熟人轻车熟路地将我们带至一座老房子前。他住在一座老式的五间头，一进大门便能看到宽敞的厅堂，厅堂颇

---

[1] 本篇根据浙江工业大学的副教授李某某口述，由作者整理而成。

为简单，仅有一个硕大的老式碾碎中药的粗碎机，闪闪发亮。

他看病与其他中医不同，别人看病卖药，赚钱养家，他卖药、看病不为钱。

若是小病，他直接找一把自己采的草药，让病人拿回去煎熬，服下去就好了。村里人都知道他看病厉害，又不收钱，经常带一些农产品送给他。村里人提到他，好听的话，说他是个好人，看病不收钱；难听的话，说他是个傻子，不知道赚钱。想想也是，像他这般的老中医，如果有人给他经营，治病卖药的话，早就发家致富了。

他了解我的腰疼状况后，表示我这种情况，医生一般是不会动手术的，他也不会。他可以给我配制一些药酒，可以喝，也可外用。

神奇的事出现了。

那时候条件艰苦，他开了一张长长的草药单子，在一间房子里摸索了一阵子，拿出一堆草药，让我们父子用粗碎机一点点碾碎。

他还找来一个大玻璃瓶，将药全部倒进去，又倒入很普通的白酒搅拌。

我把这个大玻璃瓶拿回家，放置半个月后，玻璃瓶中的酒变成了橘红色，便可使用了。

上大学前，家人又找他配制了一次药，让我带到学校。

说实话，他的药对腰疼的效果确实很明显。

有一次很偶然的机会，我发现他配制的这个药酒，有一种非常神奇的功效。

那时候打球扭伤了手指，通常都是购买正骨水，或者红花油涂抹，还会疼几天才好。

有一次打完球太晚了，我就用药酒擦拭扭伤的小手指，次日醒来，丝毫疼痛感都没有了。

此后我凡是跑步扭伤脚踝、膝盖，或者进行其他活动伤到肩膀、手腕，只要用药酒涂一涂，效果立竿见影。比起商店里售卖的那些消肿止痛的膏药和药水，效果要好上许多。对于跌打损伤之类的伤病，这种药酒效果实在是太好了。

我一直用到大学毕业，工作以后，有一次回老家，我特意去找过海洪先一次，一是为了感谢，二是想看看能否再配制一次药酒，以备日后所需。

竹压板

针灸治面瘫

左侧竖排：寿仙谷轶事录

我是浙江师范大学的教师，姓陈，在此讲讲武义李海洪老先生治好我面瘫的经历。

我二十二岁那年，寒冬里跑步，一日清晨，突然无法进食，整个右边脸僵住了。右边的眼皮动弹不得，尝试吃东西，总是咬到嘴唇右边的肉。自己用手捏右半边脸，也毫无感觉。

我有点儿害怕，到金华市某医院诊治，被告知是面部神经性痉挛，也就是人们常说的面瘫。若想治愈，只能动手术。而且这手术得去大医院才能做，我被吓得哭了起来，请假回家，幸得家里为我寻到一位老中医。这位老中医在武义县泉溪镇一个偏僻的山村里。

我们费了好大一番工夫才找到这位老中医，老中医名为李海洪，曾在县城开过药店，因其医术高超、医德高尚而被尊称为"海洪先"。

老中医说我这种状况并非大问题，极易治疗。他的治疗方式是针灸，无须服药。

❶ 本篇根据浙江师范大学陈教师口述，由作者整理而成。

为治病，我只得暂居武义县城，每日由表哥送我到车苏村。待到十点左右，太阳升起，便开始针灸，我右半边脸扎满了长长短短的银针。

最长的一根银针从耳朵前面扎进去，至少有四个手指并排那么长；最短的从鼻梁正下方扎进去，我用舌头恰好能舔到针尖。

我刚开始很害怕，后来渐渐习惯了，配合起来反而很轻松。

治疗期间发生了两件让我很惊讶的事。

有一天来了一位四十多岁的女人，两只手肿得像大包子一样，红通通的。起初只是肿胀，有些瘙痒，后来越肿越大，开始麻木，这才前来治疗。

她也是不用吃药。太阳出来的时候，双手置于室外的桌子上，扎了四五根银针。

依稀记得是从第三天开始，女患者肿得像包子一样的手就开始变小了，我问了她，她说麻木感明显减轻。

不到十天，她便痊愈了。当时这位女患者给老中医送了一桶香油，老中医不肯收，她竟直接跪下说："恩人啊，要不是您，我怕是要残废了。"她一边说一边哭得稀里哗啦。

还有一次，一对年轻人前来看病，瞧着像是情侣，说是女人肚子不舒服。

老中医把脉足有七八分钟，然后说："你这病没事啊，不用治，回去吧，休息休息就好了。"

待他们离开后，有些患者问他为何不给人家治病？

老中医说："治啥病？人家那是怀孕了，那个男子不想要。这种事，两人没商量好，双方家长又都没来，咱不能随意治吧？"

大家这才明白，于是一阵叹息。

我每天前往李海洪家治疗，半个月左右，就完全康复了。真是太神奇了！

收药材

我家几代人最钟情的医生

　　2010年8月，我们在搜集车苏村老中医李海洪事迹时，泉溪镇项店村的朱某某给我们讲了一段故事。

　　我们这一带，提及车苏村的海洪先，大家都会竖起大拇指。我家几代人有病就去找海洪先。

　　我母亲年轻时，在山上摔了一跤，伤到了手窝筋。医院去了，偏方用了，膏药也贴了，可始终不见好。她的手连同胳膊无法举起、抬起，手肿得犹如大馒头，露出一片片青紫的瘀血印子，啥都干不了！我父亲心疼不已，将母亲送至车苏村的海洪先那里。海洪先瞧了瞧说："老妹呀，别难过，你的手包在我身上，我给你看好也不要你一分钱！"海洪先当天就给她治疗，因治一次需要间隔数日，一共治疗三次，她的手便恢复正常，什么活都能干了！

　　三十年前，我生病时，父亲用肩膀扛着我到车苏村。海洪先开了三服中草药，服药后我的病便痊愈了。

　　十年前，我大儿子生病时，我父亲骑着摩托车带着我和儿子又去海洪先那里，开了五服中草药，吃到第三服时，

169

孩子从整夜哭闹到能够入睡了，药服完病就好了。

去年冬天，我两个月大的女儿生病了，咳嗽得极为厉害，要是去医院检查肯定是肺炎。我不想让孩子打针吃抗生素，于是就问父亲当年给我儿子看病的那位医生是否仍在行医，因当年父亲带着我和儿子去看病时，海洪先的年纪已经很大了。父亲说应该还在行医，因为父亲两年前还带着亲戚家的孩子去看过病。我赶忙带着女儿去找海洪先。我女儿在那里共抓了十服中草药，病也治好了。

我与海洪先闲聊，他说来就诊的不光是本地人，全国各地都有，最远有新疆的、东北的，都是朋友介绍来的。

深山采药

寿仙谷轶事录

医治伤口不愈合和乳腺炎

2000年年初，我弟媳妇生病住院，做了个手术，腹部有一道长长的刀口。数日后，刀口逐渐愈合了，然而刀口起点处却化脓了，并且不时有液体流出，后来挤出许多，竟变成了一个坑洞，难以长肉。医院的医生表示他们也无良策，让病患出院回家勤换药，还说要想伤口愈合得快可以试试中医，他们还介绍了一位叫"海洪先"的老中医。海洪先家住泉溪镇车苏村，路途可不远。

回家后，我便与弟媳妇一同去找海洪先，弟媳妇换了两日药，伤口便长上了。药费也不贵，仅几十块钱。传统中医在很多方面着实有独到之处，疗效神奇。

我还有亲身经历，我儿子吃母乳的时候，我患上了乳腺炎，里面摸着有很大的硬结，还疼得厉害。去医院检查一番，怀疑是乳腺癌，让住院，可能还得手术。后来我便回家了，找到了海洪先。他先是用自制的"拔毒膏"敷上，差不多快拔出头的时候，用银针扎下去，流出很多积奶，

---

❶ 本篇由大田乡宏阁村的钟某某口述整理而成。

都是绿色的，直至挤出正常的白色奶水。后来又下了一个药捻儿，防止那个针眼长上，就这样挤出几次积奶和脓水后，我就好了。

寿仙谷药号济世图

按摩太阳穴治好皮肤病 ❶

有时候中医的一些小手段便能治大病，花钱少，受罪少。相信很多人都见证过中医的神奇，中医几千年传承下来，必然有其神奇之处。

我自身患有一种极为怪异的皮肤病：起初在会阴处，也就是肛门前、阴囊后面有手指头大小的面积感觉有点瘙痒，用了好几种药膏都没有效果，而后日渐扩大至阴囊，于是前往医院诊治，专家给了一支药膏和一个星期的口服药，确实有效，却无法根治。起初一支药膏能用两个月，患处面积扩大后只能用二十天、半个月、一个星期、三天，最后一天两三支药膏都不够用，甚是苦恼。

先后去医院挂号请了好几位专家看了，都开了药，但效果不大。后来这病蔓延至大腿、前胸、后背、脸部，已经出现流液的状况，全身几乎没有完好的皮肤。

后来我的皮肤病是被车苏村的海洪先治好的，方法极为简单，就是每天不停地按摩太阳穴等穴位，短短几日便有了效果，如今完全正常了。

皮肤病无须用药，仅按摩穴位便能治，实在是太神奇了！

173

❶ 本篇根据车苏村的张某某口述整理而成。

神医海洪先生 [1]

李海洪时年八十七岁，在当地颇具声名，曾治愈不少患者，当地人都尊称他为"海洪先"。

简便的单方

由于我不厌其烦地提问，海洪先告诉我许多行之有效的中草药单方。他未曾阐述过多理论，但其方法确有独到之处。

感冒分为冷热两类，以涕流的清浊加以区分，清者为冷，浊者为热。冷感冒以防风一两水煎服，热感冒用升麻一两水煎服。

风湿可用生草乌一个，茶二钱，共煎半小时，服后需忌食生冷豆类。此方法经过验证，不会中毒。

咳嗽痰多、胃痛、呕吐，均可用生半夏一钱与茶共煎半小时，如此一来，生半夏不但无毒，且效果优于制过的。

他治疗肝炎的药方仅拳参一味药，配以独家秘方，治

---

❶ 本文是作者于2010年作为武义县传媒中心新闻网的记者，在泉溪镇车苏村探访民间草药"神医"李海洪后，整理所得。

好了不少甲肝患者，对乙肝也能明显改善症状。

跌打损伤，则用杜仲和续断各一两，水酒各半煎服。这也是他的拿手好活儿。

治伤高手

在我采访之际，围拢过来众多老年人，七嘴八舌地说起李海洪的神奇故事。

李海洪研制的跌打损伤丸药功效卓绝。他手法灵巧，复位精准，对症施治，不久便能痊愈。他喜爱小孩，爱开玩笑，常对前来诊治的小孩说："爷爷的手是宝，摸摸侬就好。"他精心炮制的跌打损伤丸药、药酒、膏药、丸散，大多源自自己采摘的草药。

一个人说，一天一个女人抱着一个一岁多的小男孩坐在一条四脚板凳上，小男孩脸色通红，哇哇大哭，手脚乱蹬，拼命想从妈妈怀里挣脱开来。只听李海洪对那个女人说："把孩子手脚夹紧。"然后，他用左手捏住孩子的下巴，孩子嘴巴只得张开，哭声顿时化作断断续续的"啊啊"声。李海洪右手拿起一根三棱针，迅速且轻巧地向孩子嘴巴里刺了两下，接着放下三棱针，拿过一个碗来，置于孩子嘴边，说道："吐口水。"

孩子的妈妈也用右手轻轻拍打孩子后背。那孩子"噗噗"向碗中吐出了几口带血的口水。不多时，孩子渐渐不

175

哭了，也不再摆动。

他妈妈说道："好啦，好啦。多谢海洪先，这孩子嗓子眼儿生疮，已经去医院打了两天的针，吃了两天的土霉素，仍不见好转。海洪先当真是神医。"

李海洪说："回去后再喂一次土霉素就好了。"

另一个人说，他见过李海洪治疗坐骨神经痛。他在李海洪家看到一个左脚上下插了十多根银针的男人，李海洪问："还疼吗？"那男人说："不疼了，现在感觉有点胀胀的，还有点热。"李海洪说："可以啦，再来三五次，你这坐骨神经痛就可以断根了。"只见李海洪左手用镊子夹住一团吸满酒精的棉团压住银针部位皮肤，右手三个指头捏住银针中间，轻轻来回旋转，然后抽出银针。李海洪一边退银针一边叮嘱："回去后尽量少碰冷水，少吃酸的、辣的、冷的。"不一会儿，银针取完，那个男人站起来，放下裤脚，拍拍左脚、提提腿，好了。

还有一个人说，他亲眼看见海洪先治落枕。那天，他正在李海洪家串门，一个年轻人走进房间，扭着腰，脸正对李海洪说："海洪先，给我看看，疼，现在脖子不敢转，右手也抬不起来。"

"我看你刚才就像冻僵了一样，本来只要转转头，你却要转整个身子，我就知道你落枕了。"李海洪说，"把上衣扣子解开。"接着，他把病人的右边袖子褪下，露出里面的白色背心。

李海洪用右手握住病人的手腕，左手在病人颈部、肩部不断揉搓、提捏、轻敲。十来分钟后，只听"哎哟"一声大叫，李海洪已然放开了那年轻人的右手，说："你转脖子看一下，还疼不疼？"

那年轻人慢慢往左往右转了转，说道："不疼了！"

李海洪又说："你抬抬手，看能不能抬起来？"

那年轻人果然抬起右手，还往前、往后各转了两大圈，眼中流露出敬佩的眼神对李海洪说："神啦！果然不疼了。"

李海洪笑着说："哈哈，小毛病，好治。"

擅治风湿痹症

车苏村地处山区，虽然海拔不高，但林木繁茂，阴气翳蔽，居处潮湿，通风欠佳，不仅年老体弱者易患风湿成痹，即便年轻人也时常遭外邪侵袭，流注经络，气血受阻，致使肢体、关节等处疼痛，每逢天气变化便出现酸痛、沉重、麻木等症状，村民称之为风湿病。

这种风湿病极难根治，久病不愈，生活起居多有不便，屡屡形成痼疾。此病症对阴湿天气极为敏感，每每随天气恶化疼痛加剧，天气转好疼痛方能减轻。

李海洪有祖传治疗风湿的秘方。他治风湿，病轻者用几味草药与米磨成糊内服，重病者须用大药罐煎熬成浓汤。

他曾言："草木中空善治风，对枝对叶善治红；叶有锯齿能消肿，叶有浆液毒可攻。"他治风湿用药数十种，采药至少需半日，有些块茎需用锄头挖掘，有些药须至药店购买，这些活儿费时费力费钱。

李海洪治风湿，对不同的人用药不同。他说风湿有风痹和湿痹，还有寒痹和热痹。用药是疏风通络、散寒利湿，还是温经散寒、祛风燥湿，抑或是活血祛风、清热利湿，皆有差别。何种症状用何种药，重症要加入某味中药，这皆为秘方。

擅治疑难杂症

村民曾亲眼看见李海洪治疗被医院判为不治之症的肝腹水危重症，救活两例垂危病人。他的用药极为平常，就黄姜等三种草药和大米一起，放入石臼捣成细末，然后加水煮成药糊，拌入红糖，趁热服下。

草药极为平常，但需连服半年，竟然能产生奇效，病人活到八九十岁。足可见证李海洪用药的独特效用和非凡功力。

李海洪曾治愈腹肿如鼓，脚肿如裹，用手一按一个印痕的水肿病人。他教人用刚钓上的鲫鱼，置独头蒜于鱼腹中，用箬叶包裹，炭火煨熟服食。

变卖田地支持革命

李海洪受父亲和岳父的影响，很早就产生了支持革命的念头。

1942年5月，日军侵占武义，县城沦陷，寿仙谷药号被迫停业。当年十九岁的李海洪亲眼看见了日军的残暴行径，怀着对日本侵略者的深仇大恨与父亲回到车苏村。6月20日，获悉日军要经过车苏岗攻打丽水的消息，中共抗日游击武装和国民党军队的一个连驻守在车苏岗准备拦截日军。中国士兵装备简陋，武器仅有长枪、手榴弹，稍好一些的便是机关枪和迫击炮。士兵们的腰带不少用的是棕绳，吃饭时甚至连洋铁碗都配备不齐，常常到老百姓家锯毛竹筒用以盛饭装菜。根据父亲之意，李海洪兄弟三人在村里组建了后勤队，为军队送饭送菜。6月22日，战斗打响后，李海洪背着药箱上了前线。

此后，李海洪时常为抗日队伍筹集粮食、药品等军需物资。

1945年，李海洪正式接过父亲李金祖的寿仙谷药号"掌门"之位，与他联系最紧密的就是他的老婆舅、邹正清

第三代传人李海洪

179

的二儿子邹章补。

邹章补在抗战胜利后，积极投身革命，经常为浙江壮丁抗暴自救军第三总队第三大队以及后来的中国人民解放军浙南游击纵队第三支队做事。他于1948年年底从马山坞迁回黄长岗村定居，并在村里设立秘密联络站，支持党的革命斗争。1949年4月，第三支队改编为浙东人民解放军第二纵队第六支队，其中第九大队以武义为主，活动于永康、武义、宣平、丽水、缙云边界和东阳、磐安边界山区，主要任务是开辟永、武、丽、缙游击根据地，并开辟了以雪峰山为中心的后勤基地，建立了医务所和被服厂、军需供应站、交通联络站等机构，还办起了电台、《新路南报》、路南军政干部学校和《新路南报》发行总站。邹章补利用住处之便，积极为雪峰山革命队伍送报纸书刊，联络中转同志，运送粮食、油墨、纸张、药品、胶鞋、电池、毛巾、肥皂、洗发油（擦枪用）等物资。李海洪凭借开药店的职业之便，经常为游击队配制药品，并变卖家中山场、田地等，无偿交由邹章补送往部队。

青石臼

李海洪喜欢读书，除医书外，诸子百家、易学数术、历史故事皆有涉猎。他传统文化底蕴深厚，教育儿女时，地方诗文、历史传说，《三字经》《千字文》《朱子家训》中的名言警句与经典故事，皆能信手拈来。李海洪对子女的"家教"内容涵盖历史、教育、礼仪、勤学、节俭与孝道，其中尤以孝道为重。

李家人口众多，兄弟和睦，团结勤勉，妯娌相敬，父慈子孝。李海洪践行儒家"入则孝，出则悌，谨而信"的仁爱教导，时常教育子孙"百善孝为先、家和万事兴"，男子要勤劳，女子要持家，善事要尽力，众事要带头，难事要互助。

李海洪要求子女们早早起床砍柴、拔猪草，让他们早早入睡以节省电费，还经常让他们高声朗读《朱子家训》中的"黎明即起，洒扫庭除，要内外整洁；既昏便息，关锁门户，必亲自检点"。要子女们珍惜粮食、爱护衣物，总是让子女们反复吟诵"一粥一饭，当思来处不易；半丝半缕，恒念物力维艰。"李海洪更是常将"养不教，父之过；

教不严，师之惰"与"玉不琢，不成器；人不学，不知义"挂在嘴边。他以身作则，一生全心全意为村里修桥铺路、筑堤防洪、扶贫济困，深受乡亲邻里的爱戴。

"孔融让梨""卧冰求鲤""哭竹生笋"等是李明焱小时候父亲常给他讲述的孝亲故事，这些忠孝两全、值得称赞的杰出人物一直都是他学习的楷模。他铭记父母在自己成长道路上所付出的心血，牢记"忠臣以事其君，孝子以事其亲"的古训，饮水思源，常怀感恩之心。

1985年，李明焱二十六岁。这一年，李明焱的弟弟李明忠二十四岁，李明朝二十二岁，都到了成家立业的年纪。由于李明焱兄弟众多，他和明忠、明朝三兄弟分到一座五间头的房子。五间房三个人如何分配，况且要成家立户，最起码得有卧室和厨房，这一时难住了父母和兄弟三人。当时李明焱即将结婚，李明焱和未婚妻朱惠照商议后，放弃父亲给予他的房子，如此一来，两个弟弟的住房问题都解决了。

有位村民知道李明焱要结婚却没有住房，就把已批给自己的地基让了出来。他说："明焱为了乡亲做了那么多的好事，我们不能亏待他。"李明焱于是建造了新房，这便是后来腾出来作为全村香菇工房的那座房子。在李海洪的教导下，李明焱一直深信：孝悌忠信是做人做事的根本，是修身齐家的根基。

李海洪常常给孩子们讲述一些与村庄附近风土人情相

关的故事。喜欢听故事乃孩子的天性，因而教育成效甚佳。徐镒、德谦禅师、吕祖谦、巩丰、金太舅舅等故事，李海洪不只给子女们讲过一遍。这些故事特别有意思，让今日的李明焱仍然牢记心中。其中，金太舅舅的传说，在李明焱的脑海中印象最为深刻。

传说很久很久以前，在车苏村附近岭落坞山脚的一个大岩洞里，住着"只闻其声不见其人"的"金太舅舅"。过路人只要呼喊一声"金太舅舅"，便能听到一阵爽朗的大笑。"金太舅舅"待人极为友善，会行善施草药，且药到病除，灵验非凡。有小孩子头痛发热，只要做母亲的抱着孩子到洞口，呼唤一声"金太舅舅"，说些"感谢施药，多多保佑"的好话，就会听到一阵大笑，还会有草药出现在洞口的路边。然而有一次，有一个人去武义县城办事，带上"金太舅舅"作伴。等办完事回家却忘记呼喊"金太舅舅"了。结果"金太舅舅"自此消失得无影无踪，只留下了一个美好的古老传说。

李海洪对子女的教育也很实在，一要勤劳，二要学点技艺。他尤为看重兄弟姐妹中排行老五的李明焱，李明焱打小起就跟随父亲学习一些中草药歌诀，会背诵《汤头歌》《药性赋》《濒湖脉学》等。他对李明焱寄予厚望，常常带着李明焱上山采药，在采药过程中让儿子认识草药，记住药名、辨识药性。李明焱在五六岁时，就懂得柿蒂熬水可治打嗝；桑叶能清肝火、肺火，还能止咳；柏树枝熬水熏洗能赶走"老寒腿"等中草药的药用功效。

李明焱时刻铭记父亲的期望，决心像爷爷、父亲一样长大后当一名行医济世的医生，继承家传的中医药事业。即便面对残酷的现实，他依旧不放弃自己的理想。

他希望自己长大后成为一名医生，而且他坚信自己能当好医生，理由是他从父亲那里学到了一些治病的药方。有时，他也想成为中药店的老板，理由是他认识了众多中草药，而且自己的父亲、爷爷曾开过药店。无论是当医生还是开药店，他都觉得是极好的事情——为更多的人治病，能够获得更多人的尊敬。

长大后，李明焱的医生梦虽没有做成，但他的事业还是与治病救人紧密相连，并且恢复了爷爷李金祖所创办的寿仙谷药号，将爷爷小小的药店，发展壮大成一家现代化的高新技术企业。

1986年，李明焱和朱惠照成婚当日，公公李海洪郑重地送给刚过门的儿媳妇一件珍贵的礼物。礼物用红布包裹，用红绸系着，朱惠照恭敬地用双手接过。喝过喜酒，送入洞房。新娘、新郎拆开礼物，竟是父亲珍藏多年的一本中草药书。小夫妻先是满脸惊讶，接着相视一笑。他们明白这是父亲的心愿，将传承祖业寿仙谷药号的薪火，传递到了他们的手中。

（二）

急救气郁昏厥的小孩

我的父亲是家乡颇有名望的草药医，常常为他人诊治病症，在当地人缘很好，也很有威望。他很想将自己的一身医术传承下去。他时常领着我上山采药或是为人看病，兴致高昂时便唱起我听不懂的中医歌谣，将他毕生的心血缓缓注入我那稚嫩的脑海。

我依稀记得，在三岁那年一个仿佛极为重要的日子，村头何家的儿子不听话，何叔打了几下，结果儿子突然面色苍白，手脚发凉，出气困难。何叔慌乱之中前来找我的父亲，父亲一手拽着我，向何家跑去。到何家时，何叔的老婆站在门口说，怕是不行了，娃子脸色白得像张纸，出气困难。父亲说："别急，让我看看！"

何家儿子涛涛躺在堂屋的凉床上，看上去出气很困难。父亲切完脉，从药箱里取出两枚银针，用酒精消毒后，在涛涛的两个手腕内侧上一点的位置各扎了一针，然后用大拇指在其胸口反复推拿。几分钟后，涛涛的脸上有了血色，出气也变得顺畅了。

---

❶ 以下篇目皆为作者根据李明焱口述整理而成。

父亲回头对何叔说："孩子气性大，日后教育要注意方式，刚才差点就昏死了。"何叔连连点头称是，在一连串的道谢声中父亲带着我回家了。回家的路上，我问父亲："为什么银针能救人？"父亲笑着说："不是银针救人，是银针扎了穴位救了人，刚才扎的是内关穴，这个穴位能够调理胸部的气机，我手推的是膻中穴，此穴为气海。涛涛是生气后气郁在胸中，气顺了，病就好了。"

父亲用手摸着我的头，问我想不想学救人的本事，我说想学想学，然后问道好玩吗。父亲笑着说："那可不是玩的事儿，得好好学才能救人，不然会把活人治成死人。"我一时不知说什么，只觉得死人可怕，看来学救人的本事并非好玩之事，而且会遇到死人的事情。

父亲摸着我的头笑着说："只要按照我说的学，一定能学好，而且学好后也很好玩。"一听很好玩，我便闹腾着要学救人的本事。父亲爽朗的笑声响彻山谷！

父亲的医学知识亦是上一辈传授给他的，起初只有几本风水书和医书，加上一些常用的效方（也就是农村所说的秘方）。而父亲经过持续不懈的学习，终于构建起了一套完整的医学理论体系，切脉诊病、药性整理、特效方剂、疾病预后、愈后调理……然而，如何将这样一个庞大的系统向一个尚不足三周岁的小孩传授，还不能让小家伙觉得枯燥！父亲有很长一段时间都在思索着……

金樱子熱水治尿床

在我记事起，常常能见到父亲带回来的鸡蛋、水果、农副产品，这足以令全村人艳羡，只因为我有一位能够为人治病的"郎中"父亲。

在我六七岁时，当得知父亲外出要回家的消息时，我定会早早跑到村口迎接，因为知道父亲回来一定会带回好吃的，能先饱口福。渐渐地，我知道了这些美味的由来：父亲外出都是给人治病，乡亲们但凡有个头痛脑热，会急切地找他，央求用"偏方"治疗。此时，我父亲会上门诊察，而后到田间地头，拔取、采摘一些新鲜草药给病患煮水、外敷等常规治疗，当然还有针灸、艾灸、推拿等常规手法，且从不收钱。一来二往，乡亲们就会塞一些鸡蛋、水果、土特产（农民自家所产，无须花钱）送给"郎中"父亲。

接到父亲后，我一边品尝着美味，一边接受着父亲的指导：今天某村的某某拉肚子，用了这"水蜈蚣"和"珍珠草""铁马鞭"等；某某发烧不退，用了"鸭跖草"和"茅根"等。并且在讲述时，父亲当场在田埂上顺势找到这些药，现场让我熟记草药的"长相"及主要功效。后来我发现，父亲教我认药及功效时，只讲最重要的一种功效，以便我记得特别牢。我和小朋友在村里、田间玩耍时，我会有板有眼地告诉玩伴们，这个海金沙能打掉肚子里的"石头"，镰刀草能外敷止血，白龙须能止痛，等等。

这种认草药的日子持续了五六年，有时父亲在家休憩时仍会有人上门求诊，他就会带着我到田间地头找寻一些草药，然后就在田间地头将新鲜草药交给病家带回，并交代如何煎煮使用，当然依旧不收钱。

1966年秋，记得我刚满六岁，父亲带我到山上采药，一边走一边指着山上的花花草草说道，这皆是药材，多好的药材啊！我好奇地问，何时开始教我学习救人的本事，父亲笑着说，别急，慢慢来，你看前面那片刺藤上面一个个红红的，书名叫"金樱子"，就好似装满了蜂蜜的小罐子，可甜了！不过表面有刺，采摘时需小心。我闹着要吃，父亲摘了一个颜色深红的，擦掉了上面的刺，掰开后抠掉里面的籽，然后将果肉放到我的嘴里，甜丝丝的，虽说水分不是很多，但真的很甜。父亲告诉我，这种"金樱子"，没有熟时呈青色，味道酸涩，熟透了就很甜。

这也是药吗？我笑着问道。

父亲看着我说，去年你每晚尿床，后来我给你喝了几回"甜水"不就好了！

可那时你说是糖水？

父亲笑着说，就是这"金樱子"配上其他药材煎的药水！以后可要记住了，金樱子有治疗尿床的功效！

栽培铁皮石斛

柿蒂热水治打嗝

　　有一次，我随父亲前往大山里采药。秋天的大山里随处可见成熟的野果。没走几步，便瞧见前方有棵柿子树，树上的柿子大多已被采摘，仅剩几个橘黄色的柿子挂在枝头，甚是诱人。父亲用树枝为我钩下两个，我迫不及待地吃了起来，甜甜的、爽滑的感觉甚是惬意，父亲自己却蹲在地上捡拾满地的柿蒂。我说："爸爸，你吃个柿子吧，柿蒂不能吃的。"父亲看着我，笑着说："这可是救人的良药。"一听是救人的良药，我赶忙帮着拾捡，满地的柿蒂不一会儿便拾捡干净了，父亲用随身携带的汤布扎成布袋，足足装了小半袋。

　　这东西看上去其貌不扬，皱皱巴巴的，能医治何种病症？

　　打嗝！

　　打嗝也算病？我每天吃饱饭后都要打几个嗝，感觉挺舒服的，怎会是病？

　　父亲笑着望着我，说道："打嗝多了也是病，而且会很难受！"

　　我将信将疑，拉着父亲的手翻过山岭继续采药。当天边的最后一抹阳光消逝后，我们父子俩才慢慢下山回家。在山上玩了一下午，我回家不久便睡着了。待我醒来时，家中来了几位陌生的客人，其中一位女子不停地打嗝，犹如老公鸡吞食了蜈蚣，不停地嗝噜嗝噜，满脸痛苦的样子。父亲摇了摇半醒中的我，让我看看打嗝多了有多难受，随后父亲从腰包里抓出一把下午我们拾捡的柿蒂递给病人，让病人回家煎水服用，病人半信半疑地离开了。迷迷糊糊中，我晚饭还未吃完又睡着了。

清晨醒来，一阵香气将我弄醒了，只见父亲端着一碗鸡蛋面条让我起来吃，诱人极了！这可是每年过生日才能吃上的东西。我一骨碌爬起，洗把脸便吃了起来。

我好奇地问："为什么有好吃的？"

父亲说："昨天下午拾得的柿蒂换来的！"

我兴奋地说："柿蒂能换鸡蛋？今天我们再去拾！以后每天都能吃鸡蛋！"

父亲笑了笑，说道："是昨晚那个打嗝的病人今早送过来的，她的病好了。"

父亲平淡的话语使我的心灵受到冲击，为什么别人不知道柿蒂能治病？为什么打嗝治好了病人都要感谢？看来我正依照父亲的培养计划一步步前行。吃完鸡蛋面条，又该上山采药了，这是父亲农闲时的一项工作。

治蜂蜇毒肿

又一日，我又跟着父亲上山采药了。我们沿着山路边看边走。这时发现前面小树叶上有只小蜜蜂，跟隔壁邻居家所养的一样，我赶忙伸手去捏。

"别抓！"父亲的话音刚落，我的大拇指已经被蜜蜂蜇了，一阵痒痛瞬间传来，父亲连忙用手轻轻拔掉毒针，顺势从怀中寻药。望着大拇指上渐渐浮现的小红包，我当时还以为要命丧黄泉了，吓得大哭起来。

父亲一边安抚我，一边打开从怀里掏出的小药瓶，里面装着淡黄色的药液，父亲轻轻摇了摇，药液即刻变成红黄色。他打开瓶盖，用小树棍蘸上药液涂抹在我的大拇指上，还真迅速，一种清凉的感觉令人格外舒适，过了几分钟，小红包消失了，不痛也不痒了。

"爸爸，这是什么药？"我好奇地问道。

父亲神秘地说："这可是咱们家的祖传秘方。可别告知他人。"见我点头，父亲接着说，"这是清明节后抓到的活蜈蚣，加上雄黄，用烧酒泡上一周配制而成的雄黄蜈蚣酒。别小瞧这东西，效果好得很呢。咱们山里毒蚊子众多，时常会被毒蚊子叮咬，只要涂上一点，很快便能痊愈，被蜜蜂蜇了也管用。去年上山采药，若不是被毒蛇咬伤后及时抹上这药，此刻你爸爸怕是已在土里了。"我接过小药瓶，摇了摇，看不出其中的神奇之处，但我深信父亲的话，上个月弟弟被大红蚂蚁咬伤后，父亲就用过此药。

"蜈蚣一定要活的才有效果吗？"

"晒干的蜈蚣也有效果，只是起效稍微慢一些，蜈蚣要大的，越大越好，还有雄黄细粉。倘若再加上点儿薄荷叶，效果更佳。不过咱们这里不产薄荷。药房买的薄荷没什么效力，还不如不放。具体用量比例，等你长大了再告诉你。记住没有？"

"记住了。"我在前面一边跑一边念叨："蜈蚣、烧酒、雄黄……"

"还有薄荷……"父亲生怕我遗忘，其实我母亲给我买过薄荷糖，凉凉的，甜甜的，不太合我口味。难道薄荷就是凉凉的？反正我们家乡的山上没有，记了也是白记，记住薄荷糖便罢了。

竹匾

桑树一身都是药

前面拐弯处有一棵桑树，记得去年父亲带我上山时，我还吃过桑葚。当时父亲说，桑树一身皆是宝，桑叶能清肝火、肺火，桑葚能够补血补肾，桑枝可以医治臂膀疼痛，就连土里的桑树根的皮都可以止咳。我一边念叨着父亲说过的话，一边查看树上是否还有桑葚。父亲走过来放下药篓，开始捡拾地上的桑叶。

山里风大，刚入秋，桑叶便都被吹落了，"要是下霜后从树上摘的桑叶才好！"父亲喃喃自语着。

为什么？

那称为"霜桑叶"，药效强劲！

既然桑树浑身都是药，为何不在屋前屋后栽种桑树呢？

父亲看了看我，没料到我有这般想法。随即解释道："屋前屋后栽种桑树不吉利，桑与丧同音。"父亲怕我不明所以，接着说："农村有人去世，称为办丧事，因为'桑'和'丧'读音相同，所以通常屋前屋后不栽桑树。"虽然那时我尚未入学，但父亲从我三岁起就开始教我认字，所以我还是能明白他所说的话的。

这桑叶又称作"神仙叶"，除了清肝火、肺火，还能止咳，不过得用蜂蜜炒制后效果才佳。身体肥胖之人，长期煎水饮用还能够使人变瘦呢！父亲怕我记不住，便不再继续往下说，但我知晓，他时常使用桑叶为他人治病。拾完地上的桑叶，我指着树上的桑叶问为何不摘取，父亲说留着，等下了霜我们再来摘"霜桑叶"。

收购药材

我们在山里不紧不慢地转，父亲为我讲解了众多药材的功效、味道以及采集时间，可惜年幼的我一时难以全部记住，最后甚至有些厌烦了。

眼看将近中午，肚子也饿了，我便催促父亲回家。于是我们便踏上归途。此时，父亲仍不忘用柴刀砍下几枝柏树枝带上。

"爸爸，上次你不是带了一捆吗？家里引火柴不够了？"我们家乡生长着许多野生的柏树，皆是刺柏，刺柏针形的叶上饱含油脂，特别容易燃烧，一点就着，所以我们那里的人都喜爱用柏树枝作引火柴。

父亲笑了笑，说道："这并非作引火柴之用，隔壁的老爷爷患有风湿，每年这个时候都会发作，上次那捆他已经煎水熏洗完了，这两天就没听见他喊膝盖痛了。"

老爷爷患有"老寒腿"的事哥哥曾跟我提及，用这种带刺的柏树枝熏洗真的有效吗？

"你想想看，这几天老爷爷的腿脚是不是利索了许多？"

想想也是，很少抱我的老爷爷，今天早上还抱我转了个圈呢!

　　玩了一上午的我带着些许困意回到家中, 吃完午饭便睡午觉了, 一觉醒来已是下午四点, 父亲独自一人进山了。

风选、晾晒药材

乌梢蛇药酒预防治疗风湿

　　夜色缓缓降临，村头又传来父亲的呼唤声，我们五六个小家伙这才分头回家。刚进门便看见家里堂屋的神桌上放置着一个大玻璃瓶，里面装着一条硕大的乌梢蛇，这蛇虽说无毒，却也怪吓人的。我和村里的几个小伙伴曾经迎面遭遇过这种蛇，这种蛇会直起身子昂着头与我们比高，我还曾目睹过蛇偷吃鸡蛋的情形。父亲指着瓶子里的蛇对我说："这是乌梢蛇，今日下午捉到的，用它泡上药酒治疗风湿，效果很好。我们农村风湿病人较多，泡上药酒，平日喝点儿，不仅能够治疗风湿，还能够预防风湿！"

　　父亲还给我讲述了乌梢蛇药酒治风湿的故事：

　　从前，有个小伙子在酒厂里工作，由于环境原因，时间久了，就受了湿气。起初，他头上生癣，而后全身长癞，再往后四肢的关节酸痛、行动艰难，眼看就要全身瘫痪了。酒厂主人觉得小伙子快残废了，就随意给了他几个钱，将他打发走了。

　　小伙子十分伤心，一没父母，二没妻子，离开酒厂能去投靠谁呢？他思来想去，与其将来冻死、饿死，倒不如当下选个好法子寻死。在酒厂里寻死倒是方便，一是可以喝酒醉死，二是可以投进酒缸淹死。

天黑以后，小伙子偷偷来到后院，打开一缸陈酒，双手捧起就喝。他不知喝了多少，直至肚皮发胀，才躺在地上等死。然而，天快亮时，小伙子又苏醒过来了。他一看没死成，又怕天亮后被主人发觉，心中一急，干脆跳进了酒缸里。这时，正巧有人走进后院，猛地听见"扑通"一声，就一面高喊着"快救人"，一面跑过来拉他。小伙子一心求死，无论那人如何拉他，他也不肯上来。直到又来了许多人，才把他从大酒缸里救出。酒厂主人极为生气，再次将小伙子赶出酒厂。

小伙子再度被赶出酒厂，只好沿街乞讨。没过多久，他浑身发痒，皮肤渐渐裂开，又慢慢脱落。几个月后，他如同蜕壳的蝉一般，换了一层新皮，而且身上的关节也不再疼痛了。小伙子喜出望外，于是，摔碎讨饭的碗，踩扁讨饭的篮子，又回酒厂来了。

大伙儿看到都吓了一跳，酒厂主人也不禁一惊，忙问道："你的病，是怎么好的？""还不是因为喝了你家的酒，又在酒缸里打了个滚儿吗？"主人心想：酒能治病？莫非酒缸里有什么东西？急忙跑到后院找到那缸酒，一打捞，竟捞出一条淹死许久的乌梢蛇。主人如获至宝，就把这缸酒封存起来，当作专治风湿、疥癣的药酒了。后来，人们渐渐传开：乌梢蛇泡酒，有活血、祛毒等疗效。从此，人们便都用乌梢蛇泡酒制药了。

我一边听父亲讲述，一边摆弄着瓶子，如此丑陋的蛇，想不到竟是极好的药材，真是奇特啊！

熬制膏方

牵牛子粉拌红糖能消积

准备开晚饭了，这是忙碌一天后，全家人团聚的时刻。

菜已上齐，大家各自去盛米饭，父亲准备小酌几杯。还没开始用餐，村尾的徐爷爷抱着他的孙女徐琳琳走了过来。徐琳琳圆圆的脸蛋甚是可爱，可今日却是满脸通红，我还以为她是害怕呢！忙走上前去说："别怕，我爸爸不会用针扎你的。"

徐爷爷说道："琳琳前天吃了两个糯米团，昨天一整天没吃东西，今天就开始发烧。她奶奶给她煮了五谷茶，喝了也不见效，实在没办法就过来麻烦李海洪先您了！"

老家的五谷茶是用稻谷、小麦炒黑，加上鸡内金、艾叶、茶叶煮水喝，用于治疗小孩子积食，效果不错，只是那东西又苦又有煳味，很难下咽。

父亲听完后，从药柜里抓了一小把牵牛子研成粉交给徐爷爷，吩咐他回家后拌上红糖给徐琳琳服用。这个我以前也吃过，拌上糖后香甜可口，好吃！就是吃完后会拉肚子。

看到父亲给徐琳琳吃牵牛子粉，我便笑着说："徐琳琳，今晚你会拉肚子的，别拉在床上！"琳琳要打我，徐爷爷拦住说："拉就好，拉就好，不拉停在肚子里会坏事的！"
见我们正准备吃饭，徐爷爷道过谢后便离开了。后来听徐
爷爷说，徐琳琳晚上拉了两次大便，烧就退了，第二天就
开始吃饭了。

父亲看病从不收钱，他说都是乡里乡亲，药材是自己
在山上采的，也不花费什么本钱。

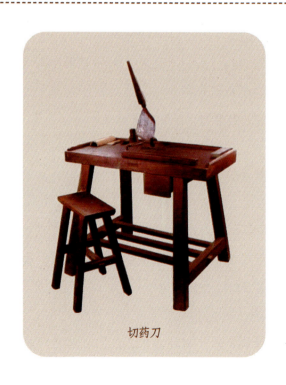

切药刀

白果止咳却不可多吃

随着天气渐冷，上山采药的次数减少了，但父亲却趁着冬天的时光，一边为病人诊治，一边让我熟悉药材，讲解药材的用途。记得有天上午，父亲提回一袋白果。这种药材村头就有，生长这种白果的树，在我们农村被称为"白果树"。长大后，我才知晓其名为银杏树，所结的果实沉甸甸的，称作"银杏果"。父亲说，白果仁能够止咳，治疗妇科病，还能补肾。还提及补肾是通过金水相生来实现的，可惜当时的我并不明白金水相生的含义。父亲还谈到白果有小毒，一般大人一天不要超过三十粒，如果中毒了，用白果壳煎水喝便能解毒。这些话当时听起来颇为琐碎，然而没过三天便得到了验证。

村里张叔家有棵白果树，产了许多白果，张叔的老婆长年咳嗽，听闻白果能止咳，便煮了不少给她服用，结果张叔的儿子园园趁其不在家，偷吃了大量白果，中毒了，出现恶心、呕吐、腹痛、腹泻等症状。张叔前来找我父亲医治，可我父亲正巧出远门看病人去了。我问清状况后，让张叔用白果壳煎水解毒，效果当真不错，很快园园的毒就解了。这是我第一次运用父亲的方法给人治病，父亲回来后，听完我的讲述，高兴地说道："看来咱们家的中医有传人了！"

在接受了父亲对白果的讲解后，我一直存有一个疑惑，为何一个白果，外面的壳能解里面的毒性？当我向父亲询问此问题时，他说这是阴阳的对立统一。父亲的回答更令我一头雾水，阴阳是什么？为何要阴阳统一呢？

为解答我的疑问，父亲向我传授中医学的太极养生智慧，运用天人合一的整体平衡观念来治病。他告诉我，依照五行理论，大自然如同一个大宇宙大八卦，而人体则是小宇宙小八卦，小宇宙要跟随大宇宙的变化。既然是太极，就存在阴阳，有阴阳就有五行，有五行就有生克，这也是宇宙间的平衡理论。同理，人体也是个小八卦，也讲求阴阳平衡。那么应当如何维持这种平衡呢？我们人体的五脏对应着五行，那就通过五行的相生与相克来保持平衡，确保健康！

拦药木界尺

野菊花枕解头疼

邻居奶奶常常头疼，在父亲这里看了数年，病情也是时好时坏。问题的关键在于邻居奶奶每日都要吃辣椒，没辣椒就吃不下饭。她的头疼，让父亲也颇为头疼，医生最犯愁的事，便是看不好病人的病症。

在父亲无良策之时，我的一句话改变了这一局面。我说："要是奶奶每天能闻闻药味儿，那吃点辣椒也无妨！"父亲看着我，突然笑了起来，不停地念叨："有办法了，有办法了。"后来才知晓父亲用秋天采的野菊花给邻居奶奶做了个菊花枕。自那以后，邻居奶奶不再上火了，而且每年她自己都会做几个菊花枕，一个自用，其余的都赠予他人。自从这件事之后，父亲便真正认定我是学习中医的料，祖传秘方也爽快地传授于我了。

在父亲的观念中，选择中医的传人宁缺毋滥。他说，倘若一个人的品德不佳，是不适合学医的，最终是救人不成，反倒害人，造成诸多后患。学医还需要有较强的悟性，没有悟性之人学习中医无法推动中医的发展，只会使其退步。父亲看重我，主要是看到了我心地善良且领悟力强。

中医的培养亦是一个循序渐进的过程。按照父亲的规划，首先传授常见药物的识别以及单独使用的特殊功效，培养我对中医的浓厚兴趣。在此期间，我会问很多问题，然后父亲再从中医理论开始传授，同时传授脉法，逐步为我解惑，再传授一些经典方剂。通过经方的运用，提升我对疾病和人体的认知程度。在此过程中，我会因有些疗效不佳而产生新的疑问，借此契机父亲再传授家传秘方，弥补传统经方的不足。

蒸药甑

翻白草降血糖

在山间的一片草地上，我们停下了脚步，父亲为我挖了一株植物。此植物的叶片正面呈现出青青之色，然而翻转过来，叶子的背面，却是白色的。草地上，叶片随风摇曳，翻起一片白色，在我们这里，它被称作"翻白草"。

父亲去掉这株植物的叶子，将肥硕的根茎递给我。这根茎长得肥肥胖胖，酷似鸡腿。

父亲说，这是可以食用的。我随即放入口中咀嚼，口感甚佳，有着微甜鲜嫩的滋味。

翻白草在房前屋后、树林以及山坡上皆有分布，是一种生命力极强的植物，耐寒性甚佳，在一些恶劣的环境中也能够很好地生长。

除了根茎能够食用，翻白草还是一味用途广泛的药材。

传说，曾有一位在外远游的僧人，有一日行至一个村子，遇见一位病恹恹的村民。这位僧人乃是一位深谙医术的高僧，为这位村民诊察之后，高僧告知他一定要寻得一种仙草，此仙草名为翻白草，只要能找到这种草，他便能得救。后来这位村民发动全村人去寻觅，最终在很远的一

第三代传人李海洪

207

处山坡上，找到了这种叶片正面为青色，背面为白色的翻白草。经过一段时间的服用，这位村民果真康复了，翻白草也就成了一种中药，有着至关重要的用途。

翻白草被父亲认为是浑身是宝的草药，事实的确如此。

我们村有一位姓巩的妇女，因口干、消瘦，前往县城医院检查，被诊断为2型糖尿病。随后住院治疗，服药五天后觉得腹胀、恶心、无法进食。换药后又服用三天，周身起皮疹即停药。检查空腹血糖9.8，餐后两小时血糖14.6。

巩姓妇女久治无进展，意志格外消沉。她的家人便找到了我父亲。

父亲给她开的方子要用翻白草，每天一定的分量，告知病人家属将翻白草洗净后放入热水瓶里，用开水冲泡，浸泡半小时分三次服用。治疗一个月，血糖基本稳定。

父亲对我说，翻白草在《本草纲目》中有记载：气味甘，微苦，性平，无毒。功能为清热解毒，止血消肿。主治痢疾、咳血吐血，疟疾、崩中等。用此药治疗糖尿病源于民间偏方，不少患者单服此药，我发现疗效显著。经过数十例观察，确有奇效。

有些类型的糖尿病类似中医中的消渴症，消渴症主要病机为阴津亏损，燥热偏胜，而以阴虚为本，燥热为标，二者互为因果。《金匮要略》中的《消渴篇》认为：胃热、肾虚是导致消渴的主要病机。翻白草治疗糖尿病，主要取

寿仙谷轶事录

其清热解毒之功。

　　翻白草可以入药，根茎可以食用。此后，我格外留意观察这种普通的草药。翻白草的植株生长紧密，而且花色艳丽，花期相当长，能够从春季一直断断续续开放至秋天，也是一种极佳的观花地被植物。翻白草的植株贴近地面生长，能够很好地起到保持水土的作用。所以说翻白草看似平凡无奇，实则用途甚广，随着天气日渐变暖，待到阳春三月，我们便能再次看到翻白草绽放花朵了。

蒸制药材

天青地白治肺痛

有一天，父亲带我一同去找一种小草，其外观与清明草颇为相似，我们这里的路边往昔常常能见到它的身影，可如今想要寻到它却颇为艰难，它叫"细叶鼠曲草"，还有一个极为动听的名字——"天青地白"。

我们沿着杨思岭去佐溪的老路，一路悉心寻觅。

最近上山，能够看到众多的映山红绽放，你瞧眼前的这一株，红彤彤的，甚是喜庆好看。以往走在这般的小路上，经常能发现我们今天要找的这种叫"天青地白"的草。我们在这条路上找寻许久，最后功夫不负有心人，父亲在这边终于发现了一小片，这周边一小棵一小棵的都是。

父亲说，"天青地白"，其学名即为"细叶鼠曲草"，也是菊科鼠曲草属的一种多年生细弱草本植物。我仔细观察，它的植株矮小，通常仅有八到二十多厘米，贴着地面的叶子，会生长一圈，宛如一个莲座。叶子的上面呈绿色，然而叶子底下，却覆有许多白茸毛。这便是民间称其为"天青地白"的缘由吧。

菊科里叫鼠曲草的种类繁多，有一种最为常见的鼠曲草也叫"清明草"，多生长于田边地头，叶面、叶背皆附着白色茸毛。在清明节时，我曾见母亲将其捣烂，与糯米粉揉成一团做清明粿食用，这种叫"清明草"的与"天青地白"并非同一个品种。

父亲恰好在旁边发现一棵"清明草"，他拿过来对比着，对我说："你看这'清明草'，它的叶子更大一些，而且不管是正面还是背面，都有许多的白茸毛，而'天青地白'的白茸毛只在叶子的背面。它也是开黄色的花，不过现在花期已过，开始结了，你看这些便是它的果实，呈这种纺锤状，还有圆柱形的。这两个显然不是一个品种，需要加以区分。'天青地白'虽其貌不扬，却是一味极佳的草药，民间用途广泛，以全草入药，味甘、淡，性寒，在治疗肝炎和眼疾方面疗效确切。我们祖上在福建时，曾用此药治疗婴幼儿夜哭。当小儿夜哭时，将这种草药捣碎，敷于小儿的背部，小儿便不再哭泣。还有一个挺有意思的外用方子，讲的是'天青地白和饭粒，捣烂敷患处'，用于治疗痈肿以及无名肿毒。"

父亲继续说道："小草药有大用处，这是你爷爷传给我的一个细叶鼠曲草治疗肺痈的药方，你记在心里，不要外传。"

父亲讲到这里，我知道父亲今天为谁采药了。

我们村有一位中年人，名叫方金，姓甚我不知晓，村里人都唤他的小名"铜钿"，我称他为"铜钿叔"。铜钿叔文质彬彬，一副书生模样。近来，他病恹恹的，在远处的路上便能听到他的咳嗽声。我听父亲对母亲讲："铜钿这人着实可怜，被查出得了肺痈的病症，据说住院需要上万元，他便不治回家等死了，如今咳嗽出的痰都带有鲜血。我得想办法给他治治。"

我明白了这个"天青地白"便是治疗铜钿叔肺痈的一味药。

父亲告诉我这个药方：新鲜的天青地白一两与七个马兰头一起捣碎，沥出汁液，与米汤混合服下，一日三次。

我家人口众多，每日要烧一大锅的水捞饭，饭粒捞出后，剩下半锅浓稠的米汤。这米汤恰是和药的良材。因而，铜钿叔每天早上拿着一口大碗，到我家盛一碗米汤，和上父亲为他配制的药汁，一日分三餐服用。服用一个月后成效显著，三个月后症状完全消失。此后，铜钿叔无病无灾，直至八十五岁寿终。

拱形竹夹

寿仙谷轶事录

李海洪种灵芝

灵芝，在人们心目中一直是治病疗疾、延年益寿的佳品。在中国古代，更是被视作能使人长生不老的"仙草""百草之王"。《山海经》中有记载，炎帝小女儿瑶姬，聪明伶俐，貌美如花却意外夭折，精魂飘荡到"姑瑶之山，化为瑶草"。《白蛇传》中有"白素贞盗仙草救许仙"的情节，白娘子为救许仙，从仙山盗来一棵仙草，这仙草乃是南极仙翁亲手栽下的千年灵芝，可起死回生。

李海洪从小跟父亲读医书，识别中草药，听过许多中草药故事，也听过灵芝的故事。他跟父亲到深山密林采灵芝，到深山区农村收集灵芝，目睹父亲与客商进行灵芝等中药材交易，也见过父亲用灵芝治病的场景。

他清晰记得，民国二十八年（1940年），那年他十六岁。冬天的一个早上，一个浓眉大眼的汉子急冲冲走进寿仙谷药号，大喊"金祖先，金祖先，救命，救命！"李金祖立时从后堂走出，大汉纳头便拜，请求医治他的母亲。此人是县城有名商人邹立德，其先是福建人，乾隆年间移居武义西

---

❶ 本文根据李海洪口述整理而成。

乡，数辈经营土纸生意，富甲一方，人称"邹老财"。

邹老财的母亲邹老太太年逾八旬，身体康健。没想到做过八十寿诞的第二年，邹老太太却突然患病，卧床不起。邹老财是个孝子，老母生病他心急如焚，请了城里许多名医诊治，但老母病情越来越沉重，眼看奄奄一息。邹老财吃不下饭睡不着觉，忽然想起有过一面之缘的名医金祖先，一大早就安排轿子，自己步行领着家众去大桥巷请李金祖到家里为老母诊治。

李金祖听明原委，为邹老财孝行感动，急忙起身并命李海洪跟随，一起到了邹老财家里。李金祖为邹老太太"望、闻、问、切"一番，花了一个时辰，出来对邹老财说："令堂年事已高，气血两亏，五脏不调，又外感风寒，致病体日渐沉重，但只要用药得当，应可转危为安。"邹老财忙说："在下只求老母长命百岁，以尽人子之道，拜托金祖先妙手回春，倾家荡产，在所不辞。"李金祖捻须沉吟了一会儿，说："要治令堂之病首在补心益气。这得用一味稀缺药材。"邹老财说："愿千金求购，只不知是什么？""便是灵芝！现在县城此药稀缺，还好我寿仙谷还藏有几朵，我给你开好个处方，跟着我到药房抓药回来。按方每次将灵芝切下所需分量，将其焙干研末，兑在鸡汁里给令堂喝下去，接着服下煎好的药汤。三剂之后，令堂的病情或可好转！"

李金祖回寿仙谷药号，命李海洪留在邹老财家里继续观察。抓回药后，邹家已熬好鸡汁，立即焙好灵芝研成末，并兑到鸡汁里，送到床前给邹老太太喝，可是这时邹老太太已经叫不醒了，昏昏迷迷的。家人就用小勺顺着老人的牙缝一点一点地缓缓灌下去。在李海洪的指点下，邹家人把煎好的汤药也如此给邹老太太灌下去。

说来也奇怪，邹老财第二天一早就派人来回报，老太太昏迷了一夜，第二天居然醒过来了。李金祖嘱咐，务必照前一天的方法继续喂她灵芝鸡汁和汤药，一连喂了三天，老太太的病奇迹般地好了起来。后来，李金祖又给邹老太太开了几贴药，经家人精心照顾，一旬后老太太就能够下床了，后来还能到街上转悠。

李海洪目睹了灵芝的神奇疗效，对灵芝的价值深信不疑。他在我国第一部药学著作《神农本草经》中找到，灵芝被历代医家列为上品，能益精气、坚筋骨、好颜色、补肝气、安精魂、增智慧，久服轻身不老、延年；在李时珍《本草纲目》中找到了灵芝具有益心气，活血，入心充血，助心充脉，安神，益肺气等功效的描述。

他渐渐沉迷于灵芝疗效的钻研中，经过多次实践，他发现灵芝对治疗神经衰弱、慢性支气管炎、胃病、肝病、高血压、糖尿病、冠心病等多种疑难杂病都有很好的辅助效果。

在多年的临床实践中，李海洪针对神经衰弱、高血脂、血管硬化、急慢性传染性肝炎、糖尿病等病症总结了多个验方，其中，他用灵芝与大麦、黄豆、银耳、木耳、冰糖、茵陈、鸡骨草、山药等搭配，取得了一定的疗效。

李海洪用药经常使用灵芝，但当时没有人工种植的药源，全靠自己一家人到深山高山采药时偶然采撷，或者到深山农户收集，且药用灵芝采撷有时间限制，难以满足需求。于是他数十年来在车苏进行灵芝人工栽培。

他在医药典籍上细心发现了人工种植的记载：

李时珍《本草纲目·菜部·芝类》："方士以木积湿处，用药敷之，即生五色芝。"

在清代陈淏《花镜·卷四》中有较详细记述："道家种芝法，每以糯米饭捣烂，加雄黄、鹿头血，包暴干冬笋，候冬至日堆于土中自出。或灌药入老树腐烂处，来年雷雨后，即可得各色灵芝矣。"

李海洪依照医书上的方法尝试过。李时珍的"用药敷之"的"药"是什么呢？他冥思苦想，所谓"药"，应该是养分，他试过用粥汤浇灌，不成；用淀粉敷上也不成。《花镜》中的"鹿头血"也是稀罕物，难以得到，几次试种都未能成功。

李海洪说，当时没办法收集灵芝菌种，只能用土办法。灵芝既然生长在枯死倒地的树木上，那证明这个木头里面一定有灵芝生产的种子。于是他把生过灵芝的枯木树段截下来，肩挑背扛运回家，挖坑覆土种在自家的菜园里，开春，灵芝长出来了，但枯树营养物质不足，加上夏天酷暑、太阳暴晒，真正能长成的却不多。

怎么解决这个问题，李海洪进行多年试验，总结了几条经验：

第一，选择好的地理位置。该地理位置必须不积水，并且要具有"三阳七阴"的环境优势，即具有均匀的散射光，光照强度也应当科学合理。当年李金祖在车苏村新屋后山辟出的一亩三分草药园，一面向阳，三面都是山林，还有地势高、不易积水的优势，正适合栽培灵芝。

第二，椴木的嫁接和选择。既然有灵芝种的枯木容易腐败导致营养物质流失，李海洪就把生长过灵芝的枯木砍下后锯成一尺左右的树段，与相同长短的活树木段用稻草绳紧紧缚在一起埋在地上，让枯木上菌种发酵牵引到新木段上。森林中许多树木是有毒的，这种木头上生长出来的灵芝肯定不会好。李海洪选择的活树段是较理想的壳斗科树种，常见的有白栎、麻栎、苦槠等。

第三，嫁接和种植的时间。嫁接和种植的时间安排在农历重阳节后，这段时期气温低，少雨，种子成活率高，同时经过较长一段时间发菌，菌丝积累的养分多，为子实体正常生育提供了物资保证。至次年清明前后，气温稳定在20℃以上，子实体就可以慢慢发生。

第四，灵芝覆土栽培后的管理。椴木组织致密，一般不外加营养源。但需要搭建栽培棚架，棚架呈弓形，覆以较稀薄的茅草，后来出现了塑料薄膜，以塑料薄膜覆盖效果更好。在棚架四周开好排水沟，防止雨天积水。子实体长出后，要对灵芝子实体的数量、位置等进行人为控制和调整，使大多数幼芝能够长成芝形良好的成品芝。同时，日常温湿管理需要非常细致周密。

李海洪不断探索灵芝栽培技术，技艺不断完善，子实体的产量不断增加，从试种时的几斤渐渐可到数十斤，到20世纪70年代末，达到百斤，1981年，他栽培出了一株罕见的巨型灵芝。这株灵芝直径四十一厘米，厚度接近三厘米，表面呈红褐色，纹理清晰，形状似一把撑开的小伞，与常见的直径十几厘米的灵芝相比，它真可以称得上"灵芝王"。

灵芝栽培成功后，李海洪致力于用灵芝治疗慢性病的探索，研拟了数个具有良好医疗和保健效果的药方，涉及与老鸭、人参等的搭配，可用于病后体虚调养、减轻肿瘤化疗不良反应、辅助治疗神经衰弱和降血压血脂等。

如今，年迈的李海洪再也不需要在用药时为缺少灵芝而发愁，因为他儿子李明焱传承吸收了他的灵芝栽培技术，并在此基础上不断突破，研究出了新的灵芝栽培技术，现已成功进行大规模的现代化种植。

采药九峰山

那是20世纪70年代初，我还是小学三年级的学生。记得在一个星期天的清晨，天气晴朗，太阳尚不炽热，父亲带着我前往九峰山采药。这是父亲第一次带我出远门采药。

这里，峰峦层叠，是明清诗人常着笔的武阳十景之一的"九峰连翠"。我记得父亲抄录的"武阳十景"诗，其中有位秀才王殿耀写道："烟崖半隐碧霄中，落日回环紫翠重。却恨谪仙携不得，留题此地锦屏风。"

我边走边沉浸于茫茫的思绪之中。

"在这里休息一会儿！"来至大山的一处隘口，父亲说。

我停下脚步，从肩膀的布袋里取出两个竹茶桶，一个递给父亲："爸爸，喝水！"

我喝过水，惊叹道："哟，这里的山真高，森林真大。"

父亲说："这里山高林密，是偌大的林海，也是个大'草药园'！你头回看见，爸爸却已走遍了它的沟沟岭岭呢！"

我说："体育老师讲，爬山能健身，所以爸爸身体格外棒！"

"是吗？那今天你来爬山也是一次锻炼！"

父亲指着前方那片黑压压的山谷："一会儿，我们是要进入那个山沟沟的！"

休息了一会儿，我们俩走下坡头，踏入那片墨绿的林谷，犹如两只鸬鹚深深地沉进湛蓝的河底！

一入山谷，我们挖到的第一种药是用于清热解毒、散瘀止痛、止咳化痰的虎杖，之后又陆续挖到了隔山消、猪鬃草、一支香、七叶一枝花、黄精、朱砂根、化血丹以及骨碎补。在一条悬崖缝隙下的阴湿处，我们还挖到了能够治疗小儿高热惊厥的三叶青，根块有大拇指般粗细。这天，我们收获满满。记得父亲跟我说，那时候请一位师傅造房子、打家具，工钱每天也只有二三元钱，然而那天，我们售卖一部分草药所得的钱竟是三十七元。

那时，我读书用功，各科成绩都很好。回来的路上，父亲与我说到梦想时，我说我的梦想是将来能像爷爷和您一样，当个郎中，救死扶伤，为人民的健康服务。这让父亲高兴极了。中药与草药是"同姓兄弟"，会用中药又会用草药为病人治病更好。我接纳了父亲的建议，得空便跟父亲学习用草药治病。

那天，我与父亲两头摸黑在外，寻得了治骨伤的重要草药，也挖回了好药苗用以种植。从我爷爷开始，我家在屋后办了一个小草药园，种有数十种草药，像牡丹、芍药、贝母、山茱萸等，小小的草药园差不多一年四季都开满了花。当晚，草药园又增添了化血丹、三叶青等几种重要的新品种，我满心欢喜。

第二天，我走进草药园察看药苗的生长，浇浇水，除除草。父亲将草药的名单编成了"三字经"，让我时常背诵。浇完水后，我又在草药园里轻声背诵起来：

一枝箭，两面针；

三角草，四季青；

八角王，九里明；

……

我浇完水、背完草药"三字经"时，父亲也把昨日采来的医骨折的草药粉碎完毕，便让我给伤者送药。

邻村有位中年人上山伐木，被木头压断了腿。父亲为他用了一个疗程的药，已有好转，再用一个疗程的药便能行走了。他的腿伤属于"粉碎性骨折"，是极为严重的骨伤，但敷了此草药，碎骨便能自然复位，犹如磁铁相吸一般。

邻村那位脚伤患者终于康复，在家人的陪同下挂着拐杖来到我家报喜。我和父亲在大门前迎接。患者送来"红包"和一面大锦旗。

患者面向父亲激动地道谢："多谢海洪先高超的医术，不辞辛劳翻山越岭寻找草药，使我的脚伤迅速康复！要是到大医院医治，费神就多了，费用就大了，而且效果未必会如此之好，真心感谢你们父子俩！"说完行三鞠躬礼。父亲说："不用谢，不用谢！"

父亲医术精湛，不仅对急症、重症、疑难病症疗效显著，还时常为贫苦民众免费治疗并赠送药品，广受民众赞誉。他常常要求自己及子孙谨遵祖训、恪守医德，认为医道是"至精至微之事"，习医之人必须"博极医源，精勤不倦"，更要有高尚的医德修养，以"见彼苦恼，若己有之"的感同身受之心，激发"大慈恻隐之心"，进而发愿立誓"精益求精，治病救人"，切不可"不学无术，庸医误人"。他常言："医道最不易学，亦不可不学。庸医误人，更甚于杀人。"

父亲便是如此，通过一次次的言传身教，日积月累地将祖辈传承的采药、种药、加工、组方、熬制、治病等传统知识传授给子女，期望李氏后代有朝一日能重振寿仙谷药号，为日后寿仙谷药号的复兴奠定了坚实的基础。

劈药斧

父子长谈

1982年，就在我即将前往福建古田学习食用菌栽培技术的前夜，父亲与我进行了一次长谈，这是父亲与我谈话时间最久的一次。

父亲回顾了他学医的历程。

父亲说："高小毕业后，我随你爷爷在寿仙谷药号学习医药。起初，你爷爷只让我做些粗活，比如到药房搬药、切药等。在干粗活的过程中，我认识了众多中药以及基本的炮制方法。有时病人众多，我也帮忙抓中药。有时还需要到野外采草药。对于药的地道与否、不同季节的采挖以及药的质量，我都有所了解，对药的加工炮制也学会了一些，还掌握了药的存储方法。在我们几个学徒中，你爷爷会观察我们是否老实听话，能否吃苦耐劳，是否聪慧。平时，你爷爷很少与我们交流，但对我们每个人的能力早有观察和了解。

"三年后，你爷爷拿来《伤寒论》《金匮要略》《黄帝内经》等书籍让我们阅读。开始时并未讲解，只是每天要求我们背诵书中的部分内容。你爷爷会根据我们的悟性，再安排我们任务。通常情况下，你爷爷给病人看病时，我们只能在一旁聆听，帮忙拿药，晚上则查看白天你爷爷给病人看病的医案。如有时间，你爷爷会为我们讲解一下书中的内容及辨病看病的一些方法，讲述些药理汤头与脉理。如此，我跟随你爷爷七年，就算出师，就要单独看病了。

"从中医来讲，人至三十趋于壮实，阳气充足，经气皆旺，故而志存高远且有所行动。随着时间与年岁的增长，阳气与脏气逐渐衰退。此时即便想要勇猛，也是心有余而力不足，但此时经验已然丰富。有些事若未亲身经历，便难以有所感悟。自我懂事起，便跟随你爷爷认识和使用草药，十多岁时学习药理、药性和医疗之法，在二十多岁、三十多岁、四十多岁的不同年龄段，在不同地方结识了不同的人，皆有所学，他们将家传所知的草药与一些治病之法告知于我。我在不同的时间、不同的地方认识了不同的人以及各种草药。

"其实实践是一个较长的过程。唯有经历诸多后，才有感悟与提升。中医的智慧是从实践中来到实践中去的，是要做事的，不是说得好听就行。'梅花香自苦寒来'，寒于彻骨独压群芳。在山野虚谷之间，雪中绽放，微微清香，幽幽致远，天边时不时地飘来几朵漫不经心的雪花，你不知那飘来的是花还是雪，还是谁在散花，全然不知今夕是何年，唯有亲临其境，才有真切的感受。唯有所言之事与时间皆恰到好处，方可完美呈现。

"说个病例吧。就在近期，约一个月前，有位老年妇女来信说，她突然下身无力坐在地上，自己很久才可以爬起来。头痛头晕，手足发麻，吃饭毫无滋味。她很害怕会死，因为她身上有多种疾病，做过两次癌症手术，还有糖尿病、高血压，心脏也不好。治疗她的病特别难，她几次快倒下，皆靠中药救起。她可以不用感谢我，但她一定要感谢中医药，将其病苦压缩至最小范围。她平时不按要求每月服用几包药，难受了便寄信过来，着实无奈。我说你的病以现代医学来说是心脑血管方面的毛病，依中医来说是中了风寒。

"我为她开了一方，三包水煎服。药服两包，病情稍有好转。此时，她的众多亲戚前来探望，一致要求她前往医院诊治，她顿时没了主意。她的儿子跑来询问于我。我直截了当地对他说，如果医院综合能力好的医生看可以，若只是见病治病，恐难有良效。她儿子说担心，如果不将母亲送到医院，万一出了问题，亲戚会指责他。

"她住进医院后，医生很全面地对她做了多项检查：CT、B超、验血，天天打针吊瓶，可情况并没有好转，如此数日，有些探望她的人对她说，你为何不找海洪先看看？说得人多了，她便下定决心出院来找我开方。我说不用开方了，就用一个月前开的方子，服用几包，每日服用参茸丸，再饮用我给她的上好野生灵芝酒。如此三日，打来电话称病情好了许多，能够进食，不再那般怕冷。我嘱咐她待体力稍好，上午服用中药，下午用草药。这草药是我在深山之中，见其形态清奇，自行采来煮食。知晓药性后，才给他人使用的草药，不知书上有无记载。此草药：辛，平，微凉。此草水煮后无色，水依旧清澈，归经入少阴厥阴。此草极为难得，对环境要求颇高，生长在清凉且有滴水的石壁之上，必须有清泉润泽，于弱光环境生长。这几年气候变暖，此草或是整片不长，或是死去，留存的生长缓慢。我给样本让人寻找，大多数人都无法找到。此草药的功效，我在实践中发现，其对心脑血管方面的病症治疗效果甚佳，能够软化血管，降低血脂、血压，活血化瘀，清内热治胆炎，对于肝病深度黄疸效果极好，胜过中药。"

　　父亲的谈话看似漫无边际，与我学习食用菌技术毫无关联。但我明白父亲的心意，他希望我学习医药，继承他们几代人的事业，将寿仙谷药号发扬光大。但当下条件不允许，那就顺其自然吧。然而，无论从事何种工作，都切不可好高骛远，必须脚踏实地，坚信"实践出真知，奋斗长才干"。

搜集材料，梳理甄别。三年多来，我们一头扎进寿仙谷历史文化的时光里。行走在基地、大棚、车间、实验室、文化馆、国医馆，每到一处，恍惚间，好像走在一条绵长的历史人文古道上，总能带给人无尽的悠思。而真正令人感动的是，"寿仙谷"这个百年老字号，如今受到现代科技风雨的洗礼，奇迹般高速成长，却依然呈现着最本色的自我！

　　寿仙谷最与众不同的地方，其实是其中的"人"，寿仙谷人的做事态度、观念以及思想，决定了他们是一群很特别的"族群"。寿仙谷掌门人李明焱也认为，只有"人"，才是最鲜活、最生动、传奇性色彩最鲜明的部分。

　　刘岱在《中华文化新论》里说："严格

来说，任何一个文化的高度发展，其外在的有形事物的创造，都与其内在心灵世界的开拓相呼应。"所以不难推理，一个企业，要想让事业真正做大，一定要有一群内心宽广博大、思想深邃、情感丰富的人来共同担当企业的命运，我们无法想象一个百年老企业，是由一群心灵匮乏、思想空虚，只是空有技能的人成就起来的。那么对于寿仙谷而言，能否将固有的价值观继续传承下去，让"老一辈人"的创业精神深入影响到新一代寿仙谷人，如何使企业的文化根基更加稳固而不至削弱，将是一个长期的课题。

大量的资料并非都能入志，但对全面记录事情的全貌，起了极其重要的作用，如果弃之则非常可惜。于是，公司高层要求我们在《寿仙谷志》之外，另写本书，并经过反复讨论初步确立了主题："寿仙谷历史文化传奇故事"。我们发现，寿仙谷的发展历史、精神文化的传承总是与家族、家乡、家庭有着千丝万缕，解不开绕不过的联系。

我们在搜索寿仙谷李氏家族史方面，找到了《闽杭李氏火德公重修族谱》《世界李氏族谱全书·陇西郡李氏宗谱》，参照国史、地方志等史志资料，厘清了寿仙谷李氏的世系，寻找到了李氏历代名人及家族的故事。

寿仙谷李氏，源于陇西，强盛于李唐。智者李耳、陇西始祖李崇、"飞将军"李广、西凉武昭王李暠、唐高祖李渊、唐太宗李世民，还有"两宋名臣"李纲、"入闽始祖"

火德公的故事深深烙在家族的血统和文化教养的遗传中。儒家"克己复礼""君君臣臣、父父子子"的忠君爱国思想，"劝学进世""见贤思齐""立德、立言、立功"的自强意识，"忠孝仁义礼智信"崇高的利义观，以及老子的"道法自然"追求自由的精神等深入家族的骨髓。

李氏家族仁人志士前仆后继，以天下为己任，报效祖国的忧患之情付之于实际行动中，这也正是李氏先贤们所提倡的道德情操的实践。李氏辗转客居于福建后，在闽赣浙流转迁徙。异地频繁迁徙的困苦，锤炼出李氏家族崇文尚德、宽厚仁爱、勤劳俭朴、坚韧不拔的优秀品质，塑造了独具特色的家族文化。

如果说是武义造就了寿仙谷的传奇，或许有些言过其实，但毫无疑问，百年寿仙谷从生根发芽到发展壮大，确实与武义深厚的历史文化的养育有着莫大的关系。

武义城东的明招山和寿仙谷李氏的家乡车苏的金柱山，都受到儒释道文化的浸润。东晋阮孚沉醉于武义山水风光，弃高官厚禄隐居于明招山。五代德谦禅师来明招山"开山聚徒"，弘扬佛法，使明招寺蔚然成为礼禅名山胜地；德谦禅师又和师弟温州义照禅师在金柱山之麓共同创建了金柱寺，这座寺院后来同明招寺比肩而立。南宋大儒巩庭芝迁武义后，在明招寺办学，武义从此文风兴盛，文人学士辈出；此后豪门巨族出身的吕祖谦在明招山结庐守墓期间，前来问学徒众集结于明招寺，开"浙东学派"之先声；吕祖谦的学生、巩庭芝的孙子巩丰，在金柱山造了一所水帘亭，乘兴而去，尽兴而回，追踪阮孚之风，他邀请到吕祖谦、朱熹、陈亮这样的大名人吟诗唱和，又将金柱山的人文高度推向巅峰。

"经世致用"的明招文化理念为寿仙谷的发展提供了理论思想，并在潜移默化中固化为寿仙谷人的性格内涵，成为寿仙谷人适应时代、适应社会，不断创新最为优秀的品质。

如果说，明招文化是武义精神和武义灵魂，那么这种文化的精神和灵魂对寿仙谷的影响无疑是非常深刻的。

武义医学源远流长，从古越人的禁咒之学，到唐代道医、五朝御医叶法善，唐朝普宁寺僧牧牛和尚，到宋代名医汤晙，武义名医迭出。明清以来，武义医学深受"金元四大家"之一的朱丹溪影响，其"滋阴学说"得到武义医界的尊崇，明代御医韩叔旸、扬云、扬煜以及名医鲍进、鲍叔鼎父子是其中的杰出代表。他们那种天人和合的整体观念、系统辩证的思维模式、执中调和的纠偏方式、未病先防的养生思想，不仅在现代医学中具有指导意义和现实意义，而且在企业和社会管理中同样具有深刻的借鉴意义。

晚清以来，"兰溪药帮"在武义发展壮大，也为"武义寿仙谷中药炮制技艺"的发展提供了有益的借鉴。

与时代烙印相并列的是企业家的家庭和个人经历。李明焱的家庭背景是，中国农村基层兄弟姐妹很多的大家庭，全家人齐心协力、艰苦勤劳创业的经历，给他带来深刻的影响；一个中医药世家，他从小就开始对中医药知识有着浓厚的兴趣，并有自主背负传承光大的责任；一个传统的忠孝之家，祖辈、父辈都同情革命、支持革命，有着严格的家庭教育；一个有知识文化的家庭，从小给他打下深厚的人文根基。

李明焱，出生于20世纪60年代初，这是一代高度认可中华传统文化，将自身融入党和国家、民族发展。青少年时曾受到宗族家庭严格的中华传统文化教育；亲尝过面朝黄土背朝天的最原始最艰辛的农耕生活，更经历了改革开放和经济全球化带来的天翻地覆的社会变迁，在改革开放中充分彰显自我。这些都成为寿仙谷企业文化最为深厚的根基和不断壮大的源泉。

探究历史文化，是一项非常辛苦的工作。我们一头埋进宗谱、地方志、国史、古代文人笔记、医学专著等文献资料中。我们千方百计搜集有关寿仙谷李氏家族、武义明招文化、武义医药文化、李氏家庭教育和文化传承等相关的史料。

在方志等许多文献中，对历史人物、历史事件记载都比较简略，有的甚至一提而过，即使把搜集资料的内容全部加在一起，也还不是历史的全部。实践证明，还有许多珍贵的资料保存在民间，寿仙谷的历史有不少空白，必须通过深入细致的访问调查予以弥补。

幸好，武义县新闻传媒中心先后于2010年和2017年两次组织记者对李海洪、邹梅珍开展了较为深入的采访活动，对采访笔记进行整理，发现李海洪、邹梅珍两位老人生前给我们留下不少宝贵的资料；同时我们采访了家住县城下街江家巷4号的江汝成先生，江汝成的祖父江李银与李金祖在大桥巷江家的三间店面屋合开寿仙谷药号，江汝成为我们提供了寿仙谷药号创办时的不少珍贵资料；我们还对李明焱和他的家人以及车苏与附近村庄群众、附近金岩山工业区企业职工、李海洪医治过的患者等进行了采访，拿到了第一手可靠的资料。

写历史也是枯燥的，而且即使讲历史事件，也无甚趣味。我们思索如何写才能使故事更具可读性，感觉这太有挑战性了，几次辍笔，几多彷徨，在寿仙谷总经办主任徐子贵先生的督促和谋划下，缩小了写作范围，最后删繁就简，定位主题为"寿仙谷轶事录"，专写寿仙谷几代人的中医药故事，并作出"以故事形式，分篇布局，用'草蛇灰线'笔法"的编写尝试。但这个尝试成功与否，还靠读者明鉴。我们这样做的目的是让读者读起来不枯燥，也有点儿趣味性，最终了解历史，了解寿仙谷。

故事写完，我舒了一口气，我没想到整理出的这一系

寿仙谷轶事录

列故事竟然这么长。如一个不会游泳的人，快被溺死，还好终于露出水面。

衷心感谢寿仙谷董事长李明焱先生的关怀、鼓励和大力支持，并在百忙中接受采访；寿仙谷总经办主任徐子贵先生对本书编写的鞭策和帮助；浙江师范大学陈玉兰教授等专家团队、《寿仙谷志》主编程庆仲先生为本书提出写作意见并修改书名；主治中医师、针灸专家、寿仙谷国医馆副馆长巩军波先生为中医、中草药专业知识审读把关。

自知水平有限，对寿仙谷医药历史文化研究浮光掠影，且笔者是中医药领域的门外汉，一些中医药知识和理论只能根据受访者的口述记录，没有能力进行辨别校正。

还有，本书在内容、结构、史料等诸方面还存在许多不足，恳请专家、学者、读者批评指正。

潘国文

2023年5月

后记